釜野物語

福島 由合子
FUKUSHIMA Yuriko

文芸社

プロローグ

私の名前は、山路晶子《やまじしょうこ》。物心ついてから、二十七歳になる現在まで、ずっとその名前で生きてきたが、つい先頃結婚して名字が変わった。

昨今では、夫の姓になることを嫌う人もいると聞くが、私の場合は違った。結婚して相手の姓になることに、なんのためらいもなかった。それどころか、それを心から望んでいた。

結婚相手を愛していたから？　もちろん、それもある。愛する人とこれから新しい家庭を築いていくのに、一つ姓になることは当然だと思っていたし、自分の姓を捨てて夫の姓に変わることになんの躊躇もなかった。

私は戦後生まれのベビーブーマーだし、古い考えの持ち主だからだ、というと、そうでもない。結婚したら、夫の姓になるのは当然、と思っていたわけではなかった。

生まれてからずっとなじんできた自分の姓を捨てるのは嫌だ、という女性がいても不思議ではない。男女同権といっても、まだまだ男性優位の世の中で対等に生きていくには覚悟がいる。ことに、仕事に誇りを持ち、結婚しても働き続けたい、と願う女性にとっては、姓を変えることのデメリットも多いはずだ。それでも、私は、結婚を機に姓を変えたかった。

私が姓を変えたかった本当の理由、それを簡単に説明することは難しいので、一編の物語を書くことにした。

物語は、私が八歳になる歳の夏に始まる。それからわずか五カ月で、私の運命は激変した。

この間の出来事は、忘れようと思っても忘れられない。それは、私という人間の原点でもある。過去を振り返ることで、現在の自分、これからの自分が生きていく道しるべを得たいと思っている。

目次

第一部　八歳の夏に

第一章　明日から夏休み

一

あたしが物心ついた時には、家の中は女ばかりで、しかも、四人の女のうち、二人までがおばあさんだった。歳のいったほうのおばあさんはあたしの曽祖母で、若いほうのおばあさんは祖母である。

あたしは、九十歳を過ぎた曽祖母のミナを「小さいおばあちゃん」、七十歳に近い祖母のキヨを「大きいおばあちゃん」と呼んで区別していたが、それは二人の姿格好にふさわしい呼び名だった。腰が曲がっているせいもあるが、ミナが背が低くて小柄なのに比べて、キヨは背が高くて当時としては大柄な体付きだったからである。

ミナとキヨは姑と嫁の間柄である。キヨと母の弓子も姑と嫁の間柄で、三人の女たちに血の繋がりはまったくない。しかし、そこにあたしが加わると、赤の他人である三人が強い絆で結ばれる。考えてみれば、不思議な関係であった。

なぜ家が女ばかりになったのか、その詳しいいきさつをあたしは知らない。特に知りたいとこれまで思ったこともなかった。が、小学校の二年生ともなれば、自分の家の様子が世間から見て少々変わっていることだけは分かるので、ちょっと耳をそばだてていれば、嫌でも周囲からいろいろな情報が入ってくる。

最大の情報源は、「下の家」の小母さんだ。あたしの家の前の道を少し下ったところにある家の小母さんは、「村の放送局」と陰口を叩かれるだけあって、三十軒ほどある集落中の家の事情に精通している。その小母さんの話によると、ミナの連れ合い、つまり、あたしの曽祖父はすでに亡くなっているが、ミナの息子であり、キヨの連れ合いである祖父のほうはまだ生きている。しかも、あたしの通う小学校のすぐそばに住んでいるという。

死んだとばかり思っていた祖父がまだ生きていて、しかも身近なところに住んでいると聞いても、あたしはすぐには信じられなかった。それで、いつだったか学校の帰りがけに祖父の住む家を探し歩いたことがある。二宮駅に近い小学校近くの商店街で祖父が土地の名産品である落花生を商う店を開いていると聞いて、学校の帰りにわざわざ寄り道をしてその辺りをぶらついてみたのだ。
三、四軒あった同じように軒の低い古びた商店の中に自分の名字と同じ「山路」という屋号の看板を見つけた時、あたしは心臓をわしづかみにされたように胸がドキドキした。
薄暗い店の奥から今にも祖父らしき人が現れるのではないかと、しばらく店の様子を窺っていた。だが、その時は祖父どころか、店に出入りする客さえ一人も現れず、残念だったが、ほっとする気持ちでその場を離れた。

どうやら祖父は生きているらしい。そう確信した後で、あたしはいろいろ思い悩んだ。祖父はあたしが生まれるずっと前に亡くなったとばかり思っていた。なのに、その話を家族から一度も聞いたことがないのはなぜか。

今でも祖父が生きているとして、自分の家があるのに、なぜ家を出て、家族と別々に暮らしているのか。

あたしはそうした疑問を誰にもぶつけることができなかった。なぜかはよく分からないが、その話には触れてはいけないような気がした。だから、祖父の家を探し出したことも家族の者には黙っていた。

祖父についての話は家の中ではタブーのようなところがあったが、父の場合はそのようなことはなかった。祖父同様、父も家を出て、家族とは別々に暮らしているのに。

父の一雄が家を出てもう三年になる。あたしが幼稚園に入ったばかりの頃だ。仕事を探しに行くという理由で家を出たまま父は戻らなくなった。

それでも、時折便りはあるのか、母の弓子も年寄りたちも父の帰りを信じて疑わない。そのうちに、近いうちに、と言われ続けて父の帰りを待っているうちに三年が過ぎ、あたしは父のことなどめったに思い出すこともなくなった。

あたしが父のことを考えるのは、奥座敷の床の間のなげしに飾られた軍服姿の父の写真を見る時だけである。普段は床の間の置物と同様、格別気にも掛からない写真であるが、何かの折にふと目を止めることがある。すると、先の戦争では近衛兵だったという父が、妙にしゃちほこばって緊張した面持ちで遠くを眺めている姿が目に入った。

祖母のキヨに似て、鼻筋が通り、大きく涼しげな目をしている。その人が自分の父だと言われればそのとおりであろうと思うが、あたしにはまるで実感が湧かない。父が幼い頃のあたしをよく膝の上に乗せて遊ばせてくれたという話を聞かされるたびに、顔に押し付けられたザラザラした髭の感触を思い出すだけだ。

父の写真の隣には、南方で戦死したという父の弟、勇二叔父の写真が飾られている。ぼんやりとして写りが悪く、どこかはかなげな写真である。その写真に比べて、明暗の強い、はっきりとした父の写真を眺めていると、確かに父はどこかで生きていると思えるから不思議だった。

だからといって、あたしは別に父に会いたいとは思わない。父の不在はあまりに長すぎて、写真がセピア色に変色するにつれて父への思慕は薄れていった。

それなのに、この夏あたしは父に会いに行くことになった。数日前、母から急にそう言われて、あたしの気持ちは重く沈んだ。今さら父に会うのはなんとも億劫だった。

二

あたしは、さっきから家に帰る時間をぐずぐずと引き延ばしていた。一緒に遊んでいた友達が一人去り、二人去り、正午を告げる町役場のサイレンが鳴ったとたん、校庭に溢れていた子供たちはどこかへ消えてしまった。それでも、あたしは校庭のはずれで鉄棒に未練がましくつかまっていた。

火傷をしそうなほど熱い鉄棒を固く握って、ランドセルを背負ったまま、クルンと一回回ってみる。人気のないせいか、やけに広く感じられる赤土の校庭、シンと静まり返った木造の二階建て校舎、それに、白い絵の具を溶いて刷毛ではいたような雲が広がった青空が、一瞬にあたしの視野に収まった。

明日から夏休み。小学校に入学して、二度目の夏休みが始まろうとしていた。なのに、気持ちが弾まないのはなぜだろう。

それは、たぶん母のせいだ。この春、あたしが二年生になるとすぐに、母の弓子は町の青果市場に働きに出るようになっていた。それで、夏休みといっても、今年は特に楽しい計画があるわけではなかった。

昨年までの夏休みはよかった。その頃は母が家にいたので、いろいろなところへ遊びに連れていってもらえた。近くにありながら子供同士では行くことが禁じられている二宮の海に何度か泳ぎに行ったし、弓子の実家である根府川の家にも泊まりがけで遊びに行った。でも、今年の夏には期待が持てない。夏休みの間、あたしは家でおとなしく留守番しているしかないだろう。あの大きくて古びた薄暗い家の中で、二人の年寄りたちと一緒に。

母が働かなくてはならない家の事情はなんとなく分かっていたし、どこにも遊びに連れていってもらえない不満はあっても、それは我慢するしかなかった。だが、納得がいかかないのは、ここで父に会いに行くことが急に決まったことだ。夏休みを前に気が弾まないのは、そのせいかもしれなかった。

夏休みの初日に父に会いに行くことが決まったのは、たまたまその日が日曜日だったからだ。青果市場に勤める母が休める日は日曜日しかないので、仕方がないのかもしれないが、なにも夏休みの初日にぶつけることはないだろうに、とあたしは母を恨んだ。

天頂に達した太陽が校庭に取り残されたあたしをめがけて情け容赦なく照りつけていた。肌が熱したフライパンの中の肉さながらジリジリと焼かれていく。無帽のおかっぱ頭が水でもかぶったように汗でぐっしょりと濡れて、髪が地肌にぺったりと張り付いていた。

もう、いくらなんでも帰らなくては、とあたしは思う。正午のサイレンが鳴っても、あたしが帰らないので、家で待つ年寄りたちはさぞやきもきしていることだろう。それに、今日は土曜日だから、母の弓子も間もなく青果市場から帰ってくる頃だ。

「これで最後」と自分に言い聞かせて、あたしはもう一度鉄棒を頭からクルンと回った。そして、身体を「イチ、ニイ、サン」と大きく振って、できるだけ遠くに着地を試みた。

オリンピックの体操選手のように格好良く着地するつもりが、地面にもう一歩のところでバランスを崩して、身体がいきなり前のめりに倒れた。連日の晴天でカラカラに乾いた地面にスライディングして、あたしは思い切り手足を擦りむいた。

すぐには立ち上がれないほどの激しい痛みに襲われ、パニックを起こしそうになった。ここが家なら、間違いなく大声をあげて泣き叫ぶところだった。だが、ここは学校で、辺りには人っ子一人いない。あたしは歯を食いしばって痛みに耐えた。砂にまみれた傷口から血が滲み出ていた。「ドクン、ドクン」と、心臓の鼓動のリズムでその箇所が脈打っていた。

擦りむいた膝小僧を抱えて、あたしはしばらくその場に座り込んでいた。が、誰一人心配して様子を見にきてくれる人もいない。校庭を取り囲む桜の木々から、蝉の大合唱が聞こえてくるばかりだ。誰かに優しい言葉の一つも掛けられれば、すぐにでも溢れ出そうだった涙が、出る折を失って居心地悪く涙腺に溜まっていた。

とにかく一刻も早く家に帰ろう、とあたしは思った。家に帰って、家族の前で思い切り泣きたかった。そうすれば、もやもやした気分が少しは晴れるような気がした。あたしはノロノロと立ち上がると、両手でスカートの埃を払い落とした。

帰る前に砂まみれの傷口を水道場の水できれいに洗おうかと思ったが、あえてそのまま放っておくことにした。面倒だということもあったが、そのほうが傷口も生々しく見えて、人の同情を引きやすい。あたしは無性に誰かに甘えたかった。

校門を出て、集落への道をゆっくりと歩き始めた。昼下がりの道には人影どころか犬猫一匹の姿も見えず、道いっぱいに陽炎がユラユラと立ち昇っていた。時折小さなつむじ風が吹いて、埃が舞い上がる。粘土を固めたように白っぽい道がいつになく遠く感じられた。

三

あたしが通う小学校は、湘南電車が停まる二宮駅のすぐ裏手にあった。校門を出てから、住宅街を西へしばらく行くと、東海道線の線路に沿って人家のない一本道が続く。その道も沢のある辺りでいったん切れた後は、竹藪の中を踏み分けるような小道に変わる。あたしの家がある集落への道である。

もっとも、その道は集落へのメインルートではない。メインルートは、海岸に沿って延びる国道一号線から入る道だが、その道だと、通学時間が倍にもなるので、あたしたち集落の子供は竹藪の中の小道を抜けて通うのが普通であった。

集落の名は「釜野」。誰が名付けたか知らないが、集落の地形を一言で言い得て妙である。周囲を山に囲まれたすり鉢状の地形は、底の部分が広がって、釜の形にそっくりだった。

国道一号線からの道や沢に沿った竹藪を通る道の他にも集落へ入る道はいくつかあったが、いずれも釜の形に似たカーブを描いて谷に落ち込んでいく。その道沿いに集落の家が点在していた。

昔は半農半漁の静かだった町は、戦後からここ数年の間に急速に発展して、駅を中心に賑やかさを増している。ところが、その発展の波もまだこの集落の辺りまでは押し寄せていないので、「釜野」は昔ながらの静けさを保ったままだった。

集落を貫いて、小さな川が一本流れていた。その名も「釜野川」。川には「釜野大橋」と呼ばれる大層な名の、今にも朽ちて落ちそうな小さな木橋が架かっていたが、その辺りが釜の底の底、つまり集落の中央部だった。

あたしの家は、その「釜野大橋」から少し坂道を北に上った集落のはずれにあった。横手の雑木林と裏手の植林された杉山に抱かれる格好で、五軒の家々が立ち並んでいた。家の名字は皆同じ「山路」で、お互いを区別するために、「中の家」とか、「下の家」とか、屋号のようなもので呼び合っていた。

あたしの家の屋号は、「源左衛門さん家」で、菩提寺の過去帳によると、江戸時代の中頃から引き継がれた先祖の名前に由来したものであるらしい。

集落の家の中では、あたしの家が一番古くて大きい。関東大震災の折に、周りの家々が全壊、もしくは半壊する中で、この家だけがビクともしなかった。だから、一時は家を失った人々の避難場所として使われたという話は耳にたこができるほど聞かされていた。

家は田の字に仕切られた藁葺き屋根の典型的な農家の造りだったが、玄関を入って裏口へと突き抜ける広い土間の中ほどにデンと据えられた大黒柱はさすがに見事で、その話の信憑性を裏付けていた。

大人のひと抱えほどもある太い欅の大黒柱である。代々この家の女たちが糠袋で磨き込んできたせいで、柱は姿見代わりになるほどピカピカに黒光りしていた。そんな大黒柱に支えられて、古くて大きい家はこれから先何年も倒れることはあるまいと思われた。だが、一家の大黒柱となるべき男が一人もいないあたしの家庭は、危ういところで均衡を保ってはいたが、いつ崩れ落ちても不思議ではなかった。

その家をかろうじて支えていたのは母の弓子である。田畑を人に貸しての賃料だけでは家計は賄い切れず、弓子が青果市場で得るわずかな給金が頼りの暮らしだった。それでもあたしが何一つ不自由しないで育ったのは、ひとえに三人の女たちの庇護のおかげだった。

四

竹藪の道を通り抜け、一号線からの集落への道と合流する地点までやっとたどり着いた。道端の小石を蹴飛ばしながら集落の道をブラブラ歩いていると、後ろからチリン、チリンと自転車のベルを鳴らす音が聞こえた。

振り向けば、母の弓子だった。

「どうしたの、晶ちゃん。今頃こんなところを歩いてるなんて」

弓子は、後ろを振り向いたあたしの鼻先で急ブレーキを踏んで自転車を停めた。

「とっくにお昼のサイレンは鳴ったでしょ？　それに、今日は終了式だったんだから、学校だってもうとっくに終わったんじゃないの？」

思いがけないところで母に会えた嬉しさが、その非難めいた小言でスッと引いた。

「そうだけど……」

うつむいた目にうっすらと涙が浮かんだ。

「分かった。晶ちゃん、一学期の成績、良くなかったんだ。それで、家に帰るの、ぐずぐずして」

弓子はからかうように言って、あたしの顔を覗き込もうとした。

「違う、違う、そんなんじゃないよ」

あたしはつっけんどんに言うと、今にも溢れそうな涙を指で拭った。

汗で背中にぺったりと張り付いたランドセルを下ろすと、中から通信簿を取り出して、

「ほら」

と、弓子の鼻先に突き出す。

「どれどれ」と言って、弓子は通信簿を受け取ると、自転車にまたがったまんまの格好でざっと目を通した。

「あら、すごいじゃないの。お母ちゃん、仕事に出るようになってから、晶ちゃんの勉強あまり見てあげられなくなったから、この学期の成績はどんなものかと心配してたのよ。でも、どうやら大丈夫だったみたいね。晶ちゃん、一人でもよく頑張ったんだ」

弓子の手放しの喜びように、どこかで突っ張っていたあたしの気持ちが少しずつ優しく

ほぐされていった。

「お母ちゃん、ここ見て。ほら、ここも」

とたんに母に甘える気持ちが湧いてきて、あたしは先刻鉄棒から飛び降りた時にできた擦り傷を弓子に見せた。

「まあ、大変。これじゃあ痛かったでしょう」

痛みはさっきほど感じなくなっていたのに、あたしが大げさに顔をしかめてみせたものだから、弓子は自転車を道端に停めて、改めて傷口を調べようと、地面にかがみ込んだ。

その真剣な顔付きを眺めているうちに、ぬるま湯にでもつかっているようないい気持ちになった。

結局、あたしは幼児のように甘えて、弓子の自転車の荷台に乗せてもらうことになった。

二人の身体の重みで、自転車は酔っ払い運転でもしているように、フラリフラリと集落の道を危なげに走った。

「釜野大橋」に近づくと、橋のたもとに枝を広げたイチジクの木陰にたたずんでいる人影が見えた。どうやら、曽祖母のミナのようである。

「小さいおばあちゃーん」

あたしが張り上げた声でミナが振り向いた。額に両手をかざしてあたしたちの姿を認めると、ミナは頭に被っていた手ぬぐいを外して、それで額の汗を拭った。

「遅かったなあ、晶子」

ミナは、ほっとした気持ちとなじる気持ちがない交ぜになったような声で言った。

つい最近まで、あたしが幼稚園に通う間、その送迎を一手に引き受けたのはミナだった。足の達者なミナは、雨の日も風の日もあたしに付き添って、幼稚園までの三十分は掛かる道を一日に二往復した。

そのせいか、あたしが二年生になった今でも、ミナはあたしの登下校に関しては人一倍関心がある。もしも近所の子供たちが一緒に登校する集団登校という決まりがなかったら、ミナは間違いなくあたしを学校まで送りに来るだろう。そして、「帰りは友達と帰るから、小さいおばあちゃんは迎えに来ないで」と、かなりきつい調子で断らなければ、あたしの帰りを校門のところで待ち受けるだろう。

実は、あたしが一年生になったばかりの頃、ミナが実際に校門のところで待ち受けていたことがある。ようやく学校にも慣れて、一緒に途中まで帰る友達を見つけた頃のことだ。遠くからミナの姿を認めた時、あたしは一瞬顔が引きつりそうになった。

ミナは、校門に背を寄り掛からせて、杖をついて立っていた。小さく丸まった姿格好と皺クシャな顔が、干からびた猿を思わせた。

あたしは一緒にいた友達の手前恥ずかしくて、とたんにその場から逃げ出したくなった。

「教室に忘れ物をしてきちゃったから、先に帰って」と、突然言い訳をして、呆気にとられている友達を尻目に、校門とは反対の方向に走りだした。

さすがに教室までは戻らなかったが、下駄箱の辺りで少し時間をつぶしてから、校門に引き返した。そこには友達の姿はすでになく、相変わらず杖と校門とに支えられるようにして立つミナの姿があった。

「遅かったなあ、晶子。おばあちゃん、迎えに来たぞ」

ミナはそう言うと、もともと皺だらけでクシャクシャな顔をさらにクシャクシャにして笑った。

無心で笑うミナの顔を見て、あたしは急に自分の取った行動が恥ずかしくなった。だが、それでもミナに迎えに来られることだけは嫌だった。あたしはミナを後に残して、一人ずんずんと歩き、ようやく集落への道に入ったところでミナの追い付くのを待って言った。

「小さいおばあちゃんは、もう迎えに来なくていいから」

ミナはその時何も言わなかった。ただ、歯のない口を小さくつぼめた表情が、いかにも寂しそうに見えた。いくら足に自信があるとは言え、あたしの歩くスピードに追い付けるほどもう自分は若くはない、自分の役目は終わったのだと、一人胸の内で言い聞かせていたのかもしれない。

そんなことがあって、その後はミナが校門まで迎えに来ることはなくなった。それでも、集落の中をふらつく分にはこちらの勝手と、あたしが学校から帰る時間を見計らっては、集落への道の入り口や「釜野大橋」のたもとであたしを待ち受けていることも多い。母の自転車の荷台に乗せられて帰ってきたこの日も、ミナはあたしの帰りを首を長くして待っていた。

午前中は裏の畑で草むしりでもしていたのか、ミナは野良着のもんぺ姿のままだった。顔から首筋に噴き出た汗を手ぬぐいで拭き取ると、汚れた手ぬぐいをもんぺの脇に挟み込んで、ミナはにっこりと笑った。風呂上がりのように、さっぱりとした表情だった。

「まあ、おばあちゃん、この炎天下に日傘もなしで出歩いて、大丈夫ですか？」

弓子が自転車を停めて、ミナを気遣って言った。すると、

「なんの、これしきの暑さ」と、ミナは曲がった腰を両手で伸ばして言い返した。

「それよりも、晶子はなんでこんなに帰りが遅かったんだ？　『中の家』の坊主や『下の家』のフミちゃんはもうとっくに帰ってきたというのに、晶子だけが帰ってこない。それで、心配になって、ここまで様子を見に来たんだ」

「そうだったんですか。いえね、私も途中で晶子に追い付いて、あんまり帰りが遅いようなので、何かあったんじゃないかと心配したんですよ。そしたら、案の定、学校の鉄棒から落ちて、怪我をしてしまったとかで」

弓子が目であたしの膝小僧の傷を指し示すと、ミナは大事件でも起きたというように、目を丸くした。

「どれ、おばあちゃんによく見せてみな。おお、これだけ擦りむけば、痛かったろう」

ミナの目が傷口を嘗めるように点検するのを、あたしは自転車の荷台にまたがったまま眺めていた。再びぬるま湯にでもつかっているようないい気持ちがして、全身から緊張感がほぐれていった。

こうして、あたしの下校が遅くなった理由は、鉄棒から落ちて怪我をしたためだということになった。弓子とミナはそれを信じて疑わなかったが、あたし自身、いつの間にかそう思うようになっていた。頭のどこかで、「本当の理由は違う」とささやくような声もしたが、もうそんなことはどうでもいい、とすぐに打ち消した。

「さてと、それじゃあ、家に帰るとするか。家に帰って傷口をきれいに洗わなくちゃな。そしたら、おばあちゃんが、いい薬つけてやる」

ミナは橋の欄干に立て掛けてあった杖を握り締めた。ミナ愛用の桜材の杖である。何年か前の敬老の日に弓子が贈ったものだが、使いすぎて杖の先がすっかり磨り減っている。ミナはその杖に一歩一歩身体を預けるようにして、家への道を上り始めた。

「釜野大橋」から家までの道は、いっとき急な上り坂になるので、そこから先は弓子も自転車を押して歩くことになる。そうなれば、もちろんあたしという荷物は重すぎるので、慌てて自転車から飛び降りた。

すでに杖を突いて坂を上り始めていたミナが、突然立ち止まった。

「おっと、いけない。大きな忘れ物をするところだった。晶子、大きいおばあちゃんが今『乾燥室』にいるはずだから、呼んできな」

ミナは有無を言わせぬ口調でそう言うと、田んぼの縁の路肩石にどかっと腰を下ろした。

「乾燥室」とは、煙草の葉を乾燥する目的で作られた小屋である。一昔前、あたしの家が煙草の栽培を手広くやっていた頃に、「釜野大橋」のたもとに建てられたものであるが、今はその目的で使われていない。煙草の栽培そのものをやめてしまっていたし、今は空襲で焼け出されて、東京から疎開してきた戦争未亡人とその子供の住居として使われている。小屋といっても、土蔵造りのようにしっかりと造られているので、「乾燥室」は中に畳を敷いただけでなんとか人の住める住居になった。が、小さな明かり取りの窓が一つしかない住まいで辛抱している未亡人の家族の暮らしは、傍目にも気の毒なものであった。

和裁の内職で細々と生計を立てているこの未亡人の一家に、祖母のキヨはなにかというと世話を焼きたがった。自分とはなんの縁もゆかりもない人たちにである。キヨは、昼時に物乞いが門口に立てば、自分が食べようとしていた分の飯を急いで握ってやってしまう、そんな性分だったので、近くに住む人が困っていれば、それを黙って放っておくことができなかった。

もっとも、キヨが世話を焼くといっても、そう大したことができるわけではなかった。せいぜい、畑の野菜が採れたと言っては届け、煮物などの惣菜を作ったからと言っては届けるくらいが関の山であった。

ミナは、そんなキヨを時に苦々しく思うことがあるらしい。貧しい農家に生まれ育ち、昔はともかく今ではすっかり落ち目の農家に嫁いだミナにとって、生きる糧である農作物を簡単に人にほどこしてしまうキヨは、「いいとこ生まれの世間知らず」に思えてならないのだろう。

それでも、ミナはそんなことはいっぺんも口に出したことはないし、キヨのすることを止めたこともない。だから、最初のうちはミナに遠慮して、時折こそこそと家の物を運んでいたキヨも、近頃では大っぴらに「乾燥室」まで足しげく通うようになった。

ミナに言われてあたしがキヨを呼びにいこうとしたちょうどその時、「乾燥室」から当のキヨが姿を現した。手には空になったザルを抱えている。

暗がりからいきなり白昼の表に出たせいか、キヨは一瞬めまいでも起こしたかのようにその場に立ちすくんだ。真夏でも透き通るような白い肌に灼熱の太陽光線が痛々しかった。

「大きいおばあちゃん」と言って、あたしは思わずキヨのそばに駆け寄った。

「おや、晶ちゃん」

キヨは目の前にいきなりあたしが現れたのに驚いて、大きな目をさらに大きく見開いた。

「ただいま。遅くなってごめんね、大きいおばあちゃん」

キヨの前では、あたしも素直に謝る言葉が出る。子供心に、病弱なキヨに余計な心配を掛けたくないと思う気持ちが働いた。

あたしに腕を支えられ、ミナと弓子が待っている坂の上り口まで行くと、キヨはそこでいったん呼吸を整えた。

「大丈夫ですか、お義母さん」

弓子が心配してキヨの青白い顔を覗き込む。

「こんな炎天下に、好き好んで出歩くこともあるまいに」とでも言っているのであろうか、ミナは何やら口の中でブツブツつぶやいている。

「いえね、お昼にうどんを作ったんだけど、量がたくさんになってしまったものだから、『乾燥室』の人たちにも分けてあげようと思って」

誰にともなく言い訳するようにキヨが言った。おっとりと構えたような話し方がキヨの風貌によく似通っている。

当世アッパッパーなる呼び名の夏の涼しいワンピースが大はやりだというのに、キヨだけは、どんなに暑い日でも単衣に伊達帯姿である。キヨは、いくら楽でも人様にだらしのない格好だけは見せたくないという、かたくななまでの矜持を持っていた。

キヨの実家というのは、商家ではあったが、昔は名字帯刀を許されたという伊勢原の旧家であった。ところが、明治維新後、時代の波に乗り切れずに次第に衰微の一途をたどり、今日ではキヨの弟が昔ののれんをかかげて細々と商売を続けているだけの家となった。

「そうでなければ、こんな田舎の、しかも農家になんか嫁にくる人じゃないわ」

と、「下の家」の小母さんは言う。

「晶ちゃんのお祖母さんは、今でもまだ十分きれいだけど、それこそ若い頃は人が振り向くほどの美人だったそうよ。だから、お祖父さんがいっぺんで見初めてしまったというのも無理ないねえ。お祖母さんの家に何べんも足を運んで、拝み倒すようにしてようやくお祖母さんをお嫁さんにもらったんだって。そうまでして手に入れたものを、今じゃねえ……」

最後のところは独り言のようになって、小母さんは小さく溜め息をついた。

キヨが若い頃大変な美人であったことは、小母さんのお世辞ばかりとも思えなかった。大きく黒目がちな二重瞼の目、高く真っすぐに通った鼻筋、小さく引き結ばれた口元は、今でも若い頃のままで、あたしは時に見とれてしまうことがある。そして、キヨのその美しさが自分には少しも引き継がれなかったことで落胆する。

特に目がいけない。キヨに似た父の一雄はもとより、母の弓子も目は大きいほうなのに、あたしの目ときたら小さくて細い。笑うと糸のようになって消えてしまうほど細い。ミナの目がそうだ。つまり、遺伝が一つ世代を飛び越えて現れた例に違いなかった。

あたしが自分の目のことを嘆くと、「目は顔のほころび。大きくたって、小さくたって、目であることに違いはなかろうさ」と、ミナはうそぶく。

きつい農家の労働に耐えてきたミナは、容姿や顔の美しさにいかほどの価値があろうかと考えているようだった。それよりも、自分が頑健な身体に生まれたことを誇りにしていた。

キヨが追い付いたところで、ミナがようやく路肩石から腰を上げた。

「さてと、じゃあ、皆揃ったところで、家に帰るとするか」

ミナの号令で、あたしたちは家への坂道を上り始めた。先頭はあたし、少し遅れてミナ、そして、そのずっと後に弓子とキヨが続く。

あたしは、田んぼの土手に咲く薄桃色の蛍袋の花を摘みながら鼻歌まじりに歩く。ミナは、くの字に曲がった腰をさらに曲げて杖を突いて歩く。一行から遅れがちになるキヨを気遣って、後ろを振り向き振り向き、弓子が自転車を押し上げる。

危ういところで均衡を保っている家族にしては、まずまずと言えなくもない幸せそうな光景ではあった。少なくとも遠目には。だから、もしもこの時、入道雲のはるか彼方から、誰かがこの光景をじっと眺めていたとしたら、そして、その誰かが意地悪な運命の神様だったとしたら、この家族の幸せにちょっぴり水を差してやれといたずら心を起こしたかもしれない。だが、その時のあたしたちには、まだその運命の神様の考えが読めなかった。不安定ではあるが、微妙にバランスの取れた今のささやかな幸せがいつまでもずっと続くものと、誰もが信じ切っていた。

ことに、あたしはそうだった。ここは、あたしにとっては安全地帯であり、母や二人の年寄りに囲まれて過ごす日々がこれからもずっと続くことになんの疑いも抱いていなかった。

いつしか、夏休みを前にしてあたしの中にもやもやと立ち込めていた暗鬱な影は消えていた。

「明日から夏休み、明日から夏休み」と呪文のように唱えながら、あたしは真っ先に坂道を上り切った。

続いてミナが到着。曲がった腰に両手を当てて伸ばすと、眩い夏の光に目をしばたきながら天を仰ぎ見た。

最後に、先頭の二人にだいぶ遅れて、弓子とキヨがようやく坂道を上り終えた。わずか五分程の坂道ではあるが、キヨの身にはそれでもだいぶこたえるのか、キヨは膝に両手をついて、ぜいぜいと肩で荒く息をついた。

坂道を上り切ると、家はもうすぐそこである。家屋はかなり広い前庭の奥にあるので、道からは見えないが、石造りの門は見える。ここまで来れば、やっと家に着いたと、誰もがほっと息を整える。

そこから家までの道は、大汗をかいて坂道を上り切った身には優しい。右手の雑木林が道に深い影を落とし、左手の水田から青々とした若い稲穂を渡って涼しげな風が吹いていた。

明日から夏休み、そう思うとあたしの胸は期待で膨らんだ。なんだかんだ言っても、つまりは待ち望んでいた夏休みの到来だった。あたしは、握った手のひらの熱で早くも萎れかかっている蛍袋の花束をそっとハンカチで包むと、家の門に向かって駆け出した。

五

その夜、納戸部屋で寝ていたあたしは、隣の茶の間から聞こえてくる弓子とキヨの声で目が覚めた。最初は夢うつつで聞いていたが、声が次第に意味を伴って耳に届き始めた。「一雄は、どうしてるかねえ」とキヨが言った時は、思わずギクッとして、身体を起こしかけた。

いつもなら、人の声が聞こえようとそのまますぐに寝入ってしまうが、その夜はそうはならなかった。「一雄」という父の名がいきなりあたしの耳に飛び込んできたからである。そのとたんに眠気がすっと引いて、つい弓子とキヨの話に聞き耳を立てることになった。

「だから、明日、様子を見にいってこようと思うんですよ」

「そう、すまないねえ、あんたには苦労ばかり掛けて」

「今度ばかりは、一雄さんにはっきりとした返事をもらってこようと思ってるんですよ。仕事のほうもうまくいっているようですし、いつ家に帰れるのかって」

「そうだねえ。本当は、あの子には百姓仕事に精出してもらいたいんだけれど、それができないっていうんだから、仕方がないねえ。せめて、きちんとした職について、今度こそ家に落ち着いてもらわないと」

「今度の職場は、平塚に新しくできた自動車工場らしいんですよ。やっと気に入った仕事が見付かって、落ち着いたようですし、平塚なら家からも通えるし、今度こそ大丈夫でしょう」

「そうだといいんだけど……。でもねえ、弓子さん、私は、本当のこと言うと、心配なのよ。あの子は百姓に見切りをつけて、仕事を探すと言って家を出たきり戻らなくなったでしょう。ちょうどあの子の父親の時とおんなじ。一雄もこのまま父親と同じ道をたどることになるんじゃないのかねえ」

「そんな！　一雄さんに限って、そんなことはありませんよ。お義母さんやおばあさんのこと、とても大事に思っているし、それに晶子のことだってあるし」

「だって、それにしては、家を出てからもうずいぶん久しいよ。晶子のことだって、どう考えているんだか、分かりゃしない」

いつもは低いキヨの声が、興奮したせいか、次第に高くなって、耳にきんきんと響く。あたしは完全に目が覚めてしまった。

キヨの言うように、父があたしのことをどう考えているのか分からないが、特にそれを知りたいとは思わなかった。三年以上も会っていない人が、あたしのことを覚えているかどうかも怪しいものだった。

ふと、父は今でもあたしを膝の上に乗せて頬擦りした時の感触を覚えているだろうか、と考える。

父に遊んでもらったという記憶こそないが、父のザラザラした頬髭の感触だけはよく覚えている。だから、自分と同じように父も覚えているのではないか、とつい考えてしまうのだが、本当はそうではないのかもしれない。頬髭がきれいに剃られて洗い流されてしまうのと一緒に、父の記憶からその感触もきれいさっぱりと洗い流されてしまっているのかもしれないのだ。

「弓子さん、一雄は本当に一人なんだろうね。女ができて、家に帰るにも帰れないなんていうんじゃないだろうね。父親の血を引いているから、私はあの子もそうなんじゃないかと心配で」

「そんなこと！」

思わず大声を立ててしまった後で、弓子は慌てて声をひそめた。

「そんなことありませんよ。こんなこと言ってはなんですが、お義父さんのことがあるから、あの人は男女関係にはかなり潔癖なところあるし。それに、第一、今は自分一人食べるのがやっとで、人の世話どころではないでしょう」

「それはそうなんだろうけどね。仕事が決まったと言っては、長続きせずにすぐに辞めてしまうものだから、いまだに家族も養えやしない。確かに、女どころの話じゃないよね」

「そんなことより、私はあの人の気持ちのほうが心配ですよ。戦争が終わってもう十年にもなるのに、世の中が目まぐるしく変わってきてるというのに、あの人はなかなか自分の受けた傷から立ち上がれないんですから」

「あの子は近衛兵であることを誇りにしていたからねえ。戦争で負けた時も、天皇陛下を守って死ぬ覚悟が、あっさりと任を解かれて家に帰されたんじゃあ、ふぬけのようにもなってしまうよ」

「おまけに、戦後の農地改革で先祖代々の田畑はずいぶん削られてしまったし、頼りにしていた小作人には逃げられるし、もともと百姓仕事に不向きだったあの人は、農業にすっかり嫌気が差してしまって」

「そうかといって、商売に向いていたとも思えないねえ。いろいろやろうとしたようだけれど、何をやってもうまくいかない。それで、あの子はすっかり自棄を起こして」

そういえば、ずっと前に、あたしが幼稚園に通う前だったと思うが、父が家で養豚業を始めたことがあるのをふいに思い出した。

広い前庭に放たれた子豚を何人かの大人たちが追い回していた時の記憶が蘇る。艶々したピンク色の子豚を大人が追いかける様子は、そばで見ていてもおもしろい光景だった。

　前庭の隅に豚小屋を建てて、子豚を何頭か仕入れて大きく育てて売るという父の商売は、結局うまくいかなかったようで、子豚はいつの間にかいなくなり、小屋だけが残った。

「でも、もう大丈夫ですよ。今度こそ、必ず一雄さんを説得して、家に帰ってもらうようにしますから。明日から夏休みだし、晶子も一緒に連れていこうと思います」

　話の最後を締めくくるように弓子が言った。

　その言葉であたしは現実に引き戻された。二人の会話で父に会いに行く事情がなんとなく分かったが、それを納得したわけではなかった。それどころか、父に会うことがますます億劫になった。もやもやとした不安感が再びあたしの中で頭をもたげ始めた。

第二章　父の家へ

一

「晶ちゃん、いつまで寝てるの」

夏休みの一日目は、いつになく甲高い弓子の声でたたき起こされることから始まった。

昨夜は弓子とキヨの話がいつまでも耳に残って、なかなか寝付かれなかった。それで、いつもは寝起きの良いあたしも弓子に起こされるまで目が覚めなかった。

「今日はお父ちゃんのところへ行くからね、早く起きて、顔を洗ってきて」

寝ぼけ眼のあたしに、畳みかけるように弓子は言った。問答言わせぬ口調だった。

あたしは仕方なく起き上がって、井戸端へ顔を洗いにいった。冷たい井戸水で顔を洗うと、少しは頭の中がすっきりした。

井戸端のイチジクの木を見上げると、枝越しに真っ青な空がどこまでも広がっていた。今日も暑い一日になりそうだった。

「晶ちゃん、ぐずぐずしないで早く食べなさい。朝ご飯が済んだらすぐに出掛けるから、よそいきのワンピースに着替えてね、それから髪もきれいに梳かして」

すでに自分は朝食を済ませた弓子が、食卓の汚れた食器を片付けながら言った。

あたしは食べていたご飯が一瞬喉につかえそうになった。弓子はやけに張り切っていた。不自然にも見えるほどの張り切りようだった。隣で食べていたミナもそう感じたのか、手にした箸の動きを止めて怪訝そうに弓子を見た。

「いえね、今日は一雄さんのところへ行ってこようと思うんですよ、晶ちゃんと一緒に。晶ちゃんは初めてでしょ、お父ちゃんのところ。会いたいよねえ、晶ちゃんだって、お父ちゃんに」

弓子はそう言うと、食卓越しにキヨと素早く目を交わした。

キヨは、弓子から聞いて何もかも承知しているという落ち着きを見せて、一人黙々と箸を動かし続けている。

あたしは返答に困って、口の中に食べ物が詰まっているのでしゃべれないというふりをした。

「お父ちゃんに会いたいよねえ」と決め付けるように言われてしまえば、「会いたくない」とはとても言えない。また言ったところで、その理由がうまく説明できなかった。

今さら父に会うのは億劫だということもあったが、本当は父に会うのが怖かった。なぜかはよく分からない。分からないが、会っていいことなど何一つないように思われた。

むしろ、とんでもなく悪いことが起こりそうな不吉な予感さえする。だから、できれば父に会うのは見合わせたいというのが、その時のあたしの正直な気持ちだった。

とんだ夏休みの始まりだった。晴れ渡った青空に、にわかに黒雲が広がっていくように、あたしの胸に正体の掴めない不安感が広がった。

「お義母さん、帯、こんな具合でどうでしょう」

大黒柱に向かって身を捩った弓子が、単衣の着物に結んだ太鼓帯の締め具合を点検する。長年に渡って磨き込まれた欅の大黒柱は、その日も姿見代わりに重宝に使われていた。

絣模様の単衣に縞の帯が、弓子によく似合っている。青果市場に通う時の事務服か、家での普段着である木綿のワンピース姿を見慣れているあたしには、改まった和服姿の母が眩しく見えてならない。

「お母ちゃん、きれい！」お世辞ではなく、本心からそう思ってあたしは言った。

心持ち緊張していた弓子の顔がふっと緩んで、微笑みが浮かんだ。久し振りに薄化粧をほどこした母の顔付きが、いっそう華やかになった。

キヨのように整った顔の造りではないが、目鼻立ちがはっきりしているせいか、弓子の顔は化粧栄えがする。それに、なんと言ってもまだ若い、三十代半ばの身体からは、隠そうとしても隠し切れない色香のようなものが自然と滲み出てくるのだった。

自分の身なりを整えた弓子があたしを見て溜め息をついた。

「まあ、晶ちゃん、また背が伸びたのね。去年買ってあげたワンピースが、もうつんつるてんじゃないの」

そう言われて膝元を見ると、確かに膝小僧が丸見えである。昨日学校の鉄棒から落ちて擦りむいた傷口にミナが塗ってくれた赤チンの色が生々しい。

あたしは慌ててワンピースの裾を引っ張って、不様な膝小僧を隠そうとした。だが、いくら引っ張っても、丈の短いワンピースで膝小僧は隠れようもなかった。

「それに、この色。こんなにあせちゃって、とてもよそいきにはできないわねえ」

再び弓子が溜め息をついて言った。

もともとは、鮮やかな水色のワンピースだった。それが、何度も水をくぐったせいで、寝ぼけた灰色というか、元の色が不明なほど色あせてしまっていた。無理もない。去年の夏は出歩くことも多くて、そのたびに一張羅のこのワンピースばかり着ていったのだから。

「晶ちゃん、今日はお父ちゃんに会いに行くんだし、せっかくだから、新しいワンピースを買ってもらったら？」

そばで眺めていたキヨがとりなすように言った。

今日のキヨはいくらか興奮気味で、そのせいか、いつもより顔の血色がいい。陽に焼けていない青白い肌の色はそのままだが、両頬が紅でも差したようにポッと朱に染まって、キヨはいつにも増してきれいだった。

「いいなあ、晶子。お父ちゃんに会いに行けて、そのうえに新しいワンピースまで買ってもらえるのか」

いつの間にか朝のひと仕事を終えて畑から帰ってきたミナが、裏口の敷居を跨ぎながら言った。

ミナは、ナスやキュウリがいっぱい入った重そうなザルを抱えていた。ミナが丹精した野菜だ。ナスもキュウリも、朝露を浴びて艶々と輝いている。その輝く野菜にも負けないほど、ミナの顔は黒光りして輝いていた。

　本当なら、あたしもミナを手伝って野菜をもぎにいくはずだった。それが、毎年の夏休みの日課だった。だが、今年は初日からその日課が崩れた。とんだ夏休みの始まりだった。あたしの気持ちはどうにも弾まない。新しいワンピースを買ってもらうことだって、それが父に会いに行くこととセットになっているのなら、この際ワンピースは諦めてもいいとさえ思った。だが、結局その日、あたしは新しいワンピースを買ってもらうことになった。

二

　戦後も十年は経とうというのに、空襲による焼け跡にできたバラックのような店がまだ軒を連ねている、そんな平塚駅前の商店街で、あたしは気に入ったワンピースを見つけた。白地に濃紺の小さな水玉模様が入ったワンピースだった。

　店の奥の試着室のようなところに入って、新しいワンピースに着替えると、

「とてもよくお似合いですよ」と鏡に映るあたしに向かって、洋品店の主人がにっこりと笑って言った。

見るからに商人といったふうの愛想がいい主人の言葉も、まんざらお世辞ばかりとは思えなかった。真っ黒に日焼けしたあたしの肌に、確かにそのワンピースはよく似合った。

「これがいいわ。これにしましょう」

弓子はそう言うと、足元に脱ぎ捨てられた古いワンピースを紙袋に包んでもらってから、手提げバッグに入れた。

あたしは正札を外された新しいワンピースを着て颯爽とその店を出た。暑気を吹き飛ばすようなキリリとした和服姿の母と並んで駅前の商店街を歩くと、何やら晴れがましい気分になった。

行き交う人々が、こちらを振り返るように通り過ぎる。人の目には、これから華やいだ場所にでも向かう幸せそうな親子づれとでも映るのだろうか。あたしはこれ見よがしに胸を張って歩いた。だが、駅前のバス乗り場へと歩くうちに、気持ちは少しずつ重く沈んでいった。

店を出てから、母は急に口をきかなくなった。父が住んでいるという場所へ向かうバスの中でもそうだった。前方を真っすぐに見つめたまま、堅く口を結んで、一言もあたしに話し掛けようとしなかった。よくは分からないが、弓子から緊張感のようなものが漂ってきて、それが隣に座るあたしにも伝わってくる。いつもはおしゃべりなあたしも、黙ってバスに揺られているしかなかった。

二人が降り立ったバス停は、駅前の喧騒からは遠く離れた平塚の市街地のはずれにあった。畑を潰してにわかに建てたことが一目で分かるような安普請の家があちこちにかたまっていた。家としての体裁など構う暇がないのか、丈高く伸びた雑草に取り囲まれて、どの家構えも侘しい。

父の一雄は、そんな家の一つを借りて暮らしていた。家の造りは皆似たり寄ったりで、前に一度来たことがあるという母でさえ父の家を見つけるのは容易なことではなかった。

「変ねえ、確かにこの辺りだったんだけれど……。この前来た時より、ずいぶん同じような家が増えてしまったのねえ。これじゃあ、どの家がお父ちゃんの家だか分かりゃしない」

何軒か尋ね歩いた後で、もうお手上げだというように弓子は畑の中の埃っぽい小道で立ち止まったきり動かなくなった。

母はかなり疲れている様子だった。身を休めようにも、辺りは猛々しい雑草ばかりが生い茂って、涼しげな木陰一つない。手に持った日傘でさえ持ち重りするのか、それを肩で支えて、弓子はびっしりと汗の噴き出た顔や襟足をハンカチで叩くように拭いた。

あたしはその場に母を残して、雑草の生い茂る中にそこだけは華やいだ色のある一角へ誘い込まれるように歩いていった。

人の目を引き付けずにはいられない華やいだ色の正体は、真紅の立葵の花であった。丈高い雑草にも負けじと、すらりと真っすぐに伸びた茎から、鮮やかな花びらがこぼれ落ちんばかりに咲いている。とある貸家風の一軒の玄関脇である。周囲の殺風景な家々の中で、建物こそ変わらないが、その家だけに妙に色香の漂う気配があった。

ふと玄関を見上げたあたしの目が、一点に釘付けにされた。表札代わりに張り出された名刺にである。玄関の柱に無造作に画鋲で留められた名刺には、「山路一雄」という名前が確かに読み取れた。

お父ちゃんの名前だ。それでは、ここがお父ちゃんの家だ。

突然、胸が早鐘のように打ち始めた。父の家をやっと探し当てたというのに、喜びはまるで湧いてこない。それよりも、できることならば、ここから回れ右をして逃げ出してしまいたい気持ちのほうが強かった。だが、身体が、金縛りにあったように一歩も動けない。あたしは全身から冷たい汗が湧き出るのを感じた。

そばから離れていったきり戻ってこないあたしを案じて、弓子が心配顔で近づいてきた。

「どうしたの、晶ちゃん、」とその先を言いかけたところで、母の目があたしの視線の先を追って名刺にたどり着いた。

父の名刺と玄関脇の立葵の花の間をしばらくさ迷っていた母の視線がようやく一点に落ち着いた。やがて、自分に言い聞かせるように弓子は言った。

「ここよ。ここがお父ちゃんの家よ」

妙にしわがれた声だった。

「この前来た時と違って、立葵の花が咲いてるので、分からなかったわ。驚いたわねえ。お父ちゃん、いつの間に花なんか植えたのかしら」

あたしは答えようもなかった。ただ、頭の中で危険信号が点滅して、すぐにもここから立ち去るべきだと告げていた。

「とにかく、ここよ。ここがお父ちゃんの家に間違いないわ」

母は再び自分で自分を納得させるかのように言うと、そろそろと玄関のドアを開けて、

「弓子です。あなた、いますか?」と、家の中に向かって声を掛けた。

「はーい」と、すぐに女の声で返事があった。

変だな、と思う間もなく、中から若い女が姿を現した。今まで水仕事でもしていたのか、前掛けで手を拭きながら、「どちらさま?」と尋ねる。

弓子よりはずっと若く、まだ娘々した女である。その身なりは当世風で、白い袖なしの開衿ブラウスに、くるぶしまで届くような花模様の長いフレアースカートを穿いている。パーマをかけた長い髪をヘアバンドでまとめている女は、まるで婦人雑誌のグラビアから飛び出たように華やかだった。

母の身体に隠れるようにしてその女を盗み見たあたしは、わけも分からず不安に怯えた。とにかく、その場から一刻も早く立ち去りたかった。あたしは、母の着物の袖を引いて、

「お母ちゃん、帰ろう」とささやいた。

だが、弓子は根でも生やしたように、玄関先から一歩も動こうとはしなかった。

「どちらさま?」と、もう一度訝しげにその女が尋ねた。

「山路の家内です」

鋭い刃物の切っ先を突き付けるように母が言った。

女は、言葉を失った人のように、呆然と立ち尽くしたまま黙って弓子を見つめていた。

「お母ちゃん、帰ろう」

今度ははっきりと聞こえるように言って、あたしは母の腕を引いた。

それでも、弓子に動く気配はなかった。

「一雄は、主人は家におりますか」と、真っすぐに女の視線を捕らえて言った。

慌てて目をそらした女の視線が、逃げ場を求めるように空中をさ迷う。が、結局は再び弓子の視線に絡めとられて、ぼそぼそと蚊の鳴くような声で聞かれることに答え始めた。

「あの人は、いいえ、山路さんは、出掛けています」

「日曜なのに、仕事ですか」

「はい、今日は急に仕事が入ったとかで、会社に行きました」

「そうですか。で、帰るのは何時頃になりますか」

「たぶん、夕方か、場合によっては、夜になるかもしれません」

「そうですか。帰りが夜になるかもしれないいんじゃあ、ここで待つわけにもいきませんね。そうですか。分かりました。じゃ、今日は、このまま帰ります。山路には、私共が参ったことだけお伝えください」

弓子はそう言うと、軽く女に頭を下げた。女は、まるでぜんまい仕掛けの人形のように、ぴょこんと一つ頭を下げた。

それで終わりだった。女が何者なのか、母は一度も尋ねようとしなかったし、女のほうでも説明することはなかった。一瞬の出会いで、全てが暗黙のうちに了解されてしまったかのようだった。

詳しいことは分からないながらも、あたしは、父が家に帰らないというよりは帰れない事情をこの時はっきりと理解することができた。

「一雄には女ができて、それで、家に帰るに帰れなくなっているんじゃないだろうねえ」

という昨夜のキヨの言葉があたしの頭の中をグルグル駆け巡っていた。

畑の中の埃っぽい道を引き返して、駅に向かうバスを待つ間、母は一言も口をきかなかった。焦点の定まらない目が虚ろに前方を見つめたまま静止しているのが不気味だった。あたしは落ち着かない気分でキョロキョロと辺りを眺め回した。

あたしたちが住む「釜野」と違って、平塚の郊外であるその辺りは平野が広がっている。田んぼや畑が見渡す限り続いた景色のそのずっと先に、高くそびえる山が見えた。中でも一番高いのは、大山詣で有名な大山だろうか。キヨの実家がある伊勢原に近い信仰の山だ。伊勢原は平塚の北隣だと聞いていたし、その可能性は十分にあった。

ここの広く開けた地形は気持ちがいいが、普段釜の底のような狭い土地で暮らしているせいか、あたしを余計落ち着かない気分にさせた。

やがて辺りを見回すのにも飽きて、停留所の周りに咲いている雑草の花に目を止めた。家の周りでもよく見掛ける名もない雑草の花である。ひょろひょろと頼りなく伸びた茎の先に咲く、白くて小さな花。こんな場所で埃まみれになってひと夏を咲いて過ごす可憐なその花に、あたしは訳知らず愛しさを覚えた。

この花に比べると、父の家の玄関脇に咲いていた真紅の立葵の花はあでやかだった。そして、その花に負けないほど、父の家にいたあの若い女の人はあでやかだった。だが、そのあでやかさは、我々には縁のないものだった。あたしたちには、名もない雑草が似合っている、となぜかそんな気がした。あたしは急にミナとキヨの顔が見たくなった。

「お母ちゃん、早くうちへ帰ろう」

あたしは、虚ろな目をして木偶の坊のように突っ立っている母の手を固く握り締めた。

陽炎の中からバスがノロノロと姿を現し、二人を平塚駅まで運んだ時はもう昼の時間をだいぶ過ぎていた。

「晶ちゃん、お腹空いたでしょう。お蕎麦でも食べていこうか」

平塚の駅前でバスを降りると、弓子が意外にも元気な声で言った。窓を全開にして走ったバスの中で涼しい風に当たったせいで、少しは気分が良くなったのかもしれなかった。

あたしは、ほっとする思いで、「うん」と明るく返事をした。事実、お腹も空いていた。

あたしたちは、駅前に立ち並ぶ飲食店の中から蕎麦屋とおぼしき店を探した。木肌が飴色に変わった大きな看板が目印の蕎麦屋がすぐに見付かった。これも年季の入ったのれんをくぐって薄暗い店内に入ると、戸外の明るさに慣れた目が戸惑って、一瞬足がすくんだ。

恐る恐る店の奥に足を進めて、ようやく中ほどのテーブルの一つに腰を下ろした。

それにしても、古い蕎麦屋だった。あたしの家と同じくらい古い。天井も梁も煤けて、壁に掛けられた木札のメニューは、全体が黒ずんで文字が読み取りにくかった。

水を運んできた店員を見て驚いたのは、その人がキヨと見間違うくらいの年寄りだったこと。一瞬、あたしはうちに帰って、キヨに迎えられたような気がした。

老女は蕎麦の注文を聞いた後、厨房の中へ向かって声を掛けると、すぐに戻ってきた。

昼時はもうとっくに過ぎていたし、店内には他に客もいない。格好の話し相手が現れたとでも思ったのだろうか、こちらから何も聞かないのに、老女はあれこれと身の上話を始めた。

聞けば、店は偶然にも先の空襲から免れて、戦前のまま現在まで残ったものだという。どうりで古いわけだ。周囲の焼け残った店が新装開店する中で、身寄りのない老夫婦二人で細々と続けているその店だけが、どうやら古いままで取り残されてしまったらしい。

老女の話に弓子がゆったりと耳を傾けている。まるで、家に帰って、キヨかミナの話にでも耳を傾けているような様子だ。頬には軽く微笑みさえ浮かべている。弓子はすっかり生気を取り戻したようだった。

老女の連れ合いが作った手打ち蕎麦は、家の手打ち蕎麦と同じような味がした。ミナが畑で作った蕎麦粉をキヨが打った蕎麦の味だ。懐かしい味がするその蕎麦を食べながら、あたしは家で自分たちの帰りを首を長くして待っているはずの二人の姿を思い浮かべた。

三

その日の夕方近く、あたしたちは「釜野」に帰ってきた。二宮駅からのバスを降りて、集落の入り口に入ったところで、弓子が突然何かに突き動かされたかのように話を始めた。平塚駅前の蕎麦屋を出てから、電車やバスに揺られて家路に向かう間、再び貝のように口を閉ざしていた弓子だったが、それまで頭の中で考えていたことを一挙に吐き出そうとするかのように言った。

「ねえ、晶ちゃん、今日、お父ちゃんの家で女の人に会ったことだけど、おばあちゃんたちには内緒にしておこうよ。お母ちゃん、そのほうがいいと思うの」

「どうして?」とあたしが問い返す隙を与えないほど決然とした言い方だった。

「晶ちゃんは、黙っていられるよね、今日のこと。今日あったことは、お母ちゃんと晶ちゃんの二人だけの秘密にしよう。守れるよねえ、晶ちゃんはこの秘密」

　畳みかけるように母からそう言われて、あたしは思わずコクンとうなずいてしまった。

そのとたん、身体が地面に沈んでいってしまいそうな重荷を自分が背負わされたことに気付いた。

ようやく家に帰れるというのに、あたしの足取りが急に重くなった。大体がおしゃべりで、あたしはこれまで「秘密」を守れたためしがない。自分でも気付かないうちに、いつの間にか誰かに打ち明けてしまう。「秘密」とは、あたしにとってその程度のものだった。だが、母の言う「秘密」だけは、どんなことがあっても絶対に人に話してはならない。いつもとは違う、人が変わったように冷たい横顔の母を見て、あたしはそう決意せざるをえなかった。

「どうだった？　一雄には会えたの？」

玄関の戸を開けるやいなや、キヨが飛び出るように玄関脇の座敷に現れて聞いた。

「それで、一雄は、いつ家に戻ってくるのかね」

追いかけて、ミナが現れる。どうやら、あたしたちが帰る頃合を見計らって、二人とも家の中で待機していた様子だった。

「それが、一雄さんには会えなかったんですよ。あいにく出掛けていて、留守だったんです。今日行く、って前もって連絡しておけばよかったんですけど、日曜日だし、てっきり家にいるものとばかり思い込んでいた私が悪かったんです」

「それじゃあ、一雄とは話ができなかったわけね」

キヨはがっかりしたような声で言うと、溜め息をついた。

「ええ。今日こそは、と思って出掛けたのに、残念でした」

それで話は終わるはずだった。だが、年寄りたちを喜ばせようとあらかじめ考えておいたのか、弓子は思いも寄らない作り話を始めた。

「一雄さんには会えなかったんですが、ご挨拶がてら隣の家に寄って、そこの奥さんから良い話を聞いてきました。なんでも、一雄さん、近頃ではずいぶん熱心に働いているようなんですよ。日曜出勤も多いんだとか。今日留守なのもそうじゃないかって、その奥さん、言ってました」

「まあ、それは良い話を聞かせてもらったこと。きっと、今度の仕事は、あの子の性に合っているに違いないね」

弓子の話を疑いもせず、キヨが手放しで喜ぶ姿を見て、あたしの胸は苦しくなった。自分まで嘘をついているようで、その場にいたたまれないような気がした。

それでは約束が違う、と母に詰め寄りたかった。「秘密」とは、今日あたしたちがあの家で見たことを黙っていることであって、決して嘘をつくことではなかったはずだ。

「一雄さん、近いうちに家に帰るというようなことを隣の奥さんには言ってるみたいですよ。だから、私としては、それを信じて待つことにしました」

弓子の言い分はもっともで、誰かが異論を唱える余地はなかった。

「そうだねえ。それがいいねえ」とキヨは納得したふうに言い、すっかり弓子の話を信じた様子だった。

しかし、ミナはというと、弓子の話を半信半疑のような顔付きで黙って聞いていた。食べ物も入っていないのに、歯のない口をもごもご動かしているのは、何か言いたいことがあって、それを言い出そうかどうかためらっている時の癖である。ミナが何を言い出すものかとあたしは冷や冷やしたが、結局ミナは何も言わなかった。

四

こうして、その夏、あたしは重大な秘密を抱え続けることになった。食べ物が胃につかえているような重苦しさを感じて、実際に食欲までが落ちてしまった。それなのに、弓子は「暑気当たりでしょう」などと澄ました顔で言う。そんな時、重大な秘密を自分に押し付けた母が、あたしには恨めしく思えてならなかった。

キヨは心配して、何を食べても口がまずそうなあたしのために、さっぱりと見た目にも涼しげでおいしそうなものをあれこれ作って食べさせようとした。キヨの気持ちが込められた食べ物を口に運びながら、あたしは心苦しくて何度も喉を詰まらせそうになった。

気に掛かるのは、ミナの視線だった。それとなく母やあたしを観察しているような気がする。皺に取り囲まれて落ち窪んだ目は、目とは言えないほど小さくて濁ってもいたが、その瞳の奥では何もかも見通してしまうような鋭さがあった。ミナの視線は、弓子の嘘を見抜いているような気がしてならなかった。

だが、夏休みも数日が過ぎ、たっぷりと一日を遊び惚けているうちに、あたしの食欲はすっかり元に戻った。胃の重苦しさが取れた時には、母と重大な秘密を分かち合っているという意識もだいぶ薄れていた。

その後、父からは何も連絡がなかった。すぐにでも家に帰って来るというような弓子の話も、やがて次第にその信憑性が失われていった。それでも、そのことに誰一人不平を言う者もなく、皆がそれぞれに落ち着いた生活を続けた。

第三章　お盆

一

夏休みも半分があっという間に過ぎ、お盆が来た。旧暦のお盆は八月十三日に始まる。毎年のことではあったが、その日は先祖の霊を迎える準備で集落中のどの家も忙しかった。

当日の朝は夜明けを待つようにして起き、往復一時間の距離を歩いて、海岸まで砂を取りに行く。砂は先祖の霊が降りるための祭壇用で、それは各家の門先に小さな台形の砂山を作る要領で作られた。祭壇には階段が刻まれ、てっぺんには盆花や里芋の葉っぱの上に賽の目に刻まれたナスが供えられた。夕方になると、その前で迎え火がたかれた。

また、その日には奥座敷の床の間はきれいに片付けられて、こちらは先祖の霊がお盆中宿るための大きな祭壇となった。その前には野菜、果物などの供え物が所狭しと並べられた。精霊が出掛ける際の乗り物とされるナスやキュウリで作った牛や馬、弁当として持たせる赤飯やだんごの類も欠かせなかった。

いつもはひっそりとしているあたしの家も、お盆の時だけは急に人も増えて賑やかになる。それで、しめやかに先祖の霊を迎えるための行事であったにもかかわらず、あたしはまるで祭りを迎える時のようにはしゃいだ気分でお盆を迎えた。

お盆の間は親類縁者が入れ替わり立ち替わりやって来たが、そのほとんどが他家に嫁いだ女たちだった。ミナの四人の娘たち、キヨの三人の娘たちが寄ると、家の中はいっときまるで女の園のようになる。この家は女系家族である、と誰もが改めて思う時である。

ミナもキヨも息子との縁が薄い。二人とも同じような運命の巡り合わせで、息子を二人生んだが、一人は亡くなり、もう一人は生き別れ同然である。残ったのは娘たちばかりで、その娘たちの子供もどういうわけか女の子が多い。それで、親戚一同が顔を合わせるような機会には、女ばかりが目立つのであった。

二

　お盆の二日目だった。その日も総勢十人にもなる女たちが、十畳の奥座敷にひしめき合っていた。いつもは十分に広いその部屋が、やけに狭苦しく感じられる。だから、昼食の済んだ後で、高齢のミナの娘たちが早々と引き上げた時には、正直言って皆ほっとした。あとには、キヨの三人の娘たちが残った。

　キヨの長女、頼子は隣町のみかん農家に嫁いでいる。頼子伯母の五人の子供のうち、一番上と一番下が男子で、中三人は女子であった。末娘の和子はあたしより二つ年下だが、昨年の春に交通事故で亡くなった。国道一号線沿いにある家の前で進駐軍のジープに轢かれたとか、痛ましい事故死だった。

　その従妹のお葬式にはキヨと一緒にあたしも出たが、憔悴し切った頼子伯母の姿をよく覚えている。それと、葬儀に参列した近所の人たちがあたしを見てヒソヒソとささやいた声も。

「和ちゃんによく似たあの子は誰？」

従妹だから、多少似ているところはあるかもしれないが、それまでそう言われたことは一度もなかったし、ヒソヒソ声なのも気になった。

頼子伯母は、あたしにとっては怖い存在だった。顔立ちはキヨに似てよく整っているのに、どこか冷たい印象を与える。物言いもはっきりして、駄目なものは駄目と甘えを許さないようなところがあった。

それに比べて、次女の敏子は大らかな性格で、誰にも優しいし、素直に甘えることができる。あたしの大好きな伯母であるが、戦争未亡人なので、いろいろと苦労も多いらしい。以前は広島の呉に住んでいたが、戦後は実家にも近い平塚に家を借りて、洋裁の内職で細々と生計を立てて、今は小学生の娘二人と暮らしている。

あたしより四つ年上の姉のほうがアキ、年子の妹がナツ。数多い従姉妹たちの中で一番親しくしているのはこの二人で、姉妹のいないあたしには、実の姉のような存在だった。

三女の朝子は小田原の大工の棟梁に嫁いでいて、この叔母がキヨの三人の娘たちの中では一番羽振りが良かった。生まれつきの性分にもよるのだろうが、きっぷが良いところは、他の二人の姉にはないものだった。あたしはこの叔母も好きだったが、物言いがはっきりしすぎていて、敏子伯母のようには甘えられなかった。

この日、頼子は末息子の誠を、朝子は一人娘のかほりを連れて来ていた。二人は同い年だったが、まだ三歳と幼くて、母親のそばにべったりと張り付いて離れなかった。

久し振りで顔を揃えたキヨの三人の娘たちは、しばらく他愛のない世間話に興じていた。大きな声でしゃべったり笑ったりする声が台所にいてもよく聞こえた。それが、突然聞こえなくなったのはなぜだろうと、奥座敷のほうを覗いてみたら、三人で額を寄せてヒソヒソ話を始めていた。

祖母のキヨは、玄関脇の部屋で誠とかほりを家にあったおもちゃで遊ばせていた。曽祖母のミナは、娘たちを見送りにいったまま、まだ帰らなかった。

誠とかほりは、部屋での遊びに飽きてしまったのか、奥座敷の母親のそばに戻ってきて、「おうちに帰ろう」としきりに母親に訴えていた。

「うるさいねえ」と言う頼子伯母の声と、「表で遊んでおいで」という朝子叔母の声が、同時に聞こえた。

あたしは、台所で昼食後の後片付けをする母の手伝いをしていた。流しで弓子が食器を洗うそばから布巾で拭いていく。いつもの何倍もの量の食器を洗って片付けるのは大変な仕事だ。弓子は額から大汗を流して働いていた。そこへ、奥座敷から声が掛かった。

「弓子さん、ちょっとこっちへ来て」

洗い物はまだ残っていたが、客の声を無視するわけにもいかない。弓子は水道の蛇口を止めると、

「晶ちゃん、残りは後で私がやるから、かほりちゃんと誠ちゃんを外で遊ばせてあげて」

と言って、濡れた手をエプロンで拭きながら奥座敷へ向かった。

本当は、あたしもさっきから外へ遊びに行きたくてむずむずしていた。だが、一緒に遊ぶ相手が、誠とかほりとではつまらない。アキとナツが、学校の行事とかで今日は夕方に遅れて来るようになったことが残念でならなかった。

幼い子たちは蝉捕りやトンボ捕りがしたいのだろうが、あたしはもうそんな遊びで喜ぶような歳ではない。でも、誠とかほりは、すでに靴を履いて、しっかりと帽子まで被って玄関であたしを待っていたし、二人に付き合わないわけにはいかなかった。

その前に洗い物を全部片付けてしまおうと、あたしは水道の蛇口を全開にして、勢いよく水を流す。身長が足りない分、流しの高さに合わせるように爪先立ちになって、汚れた食器を洗い始めた。

ほとばしるように流れ出る水の音で、奥座敷の話はまるで聞こえなかった。もちろん、

あたしには大人同士の話など興味もないし、別に聞きたいとも思わなかったが、洗い物を終えて水道の蛇口を止めたとたん、いきなり「一雄」という父の名前が耳に飛び込んできたので、思わず聞き耳を立てることになった。

「一雄は、一体どうなってるの？」

　とげとげした頼子伯母の声が聞こえた。

「一雄が何を考えているのか、私にはちっとも分かりゃしない。親や妻子をほっぽり出して、もう三年でしょう？　どう考えても、まともじゃないわよ」

　頼子は激しい口調でそう言うと、床の間の祭壇を気にしてか、急に声をひそめて、「ご先祖さまの前で、こんな話、本当はしたくないんだけど」と断りを入れてから、「この際だから、はっきりと言わせてもらうわ」ときっぱり言った。

「百姓が嫌で、先祖伝来の田畑を放っぽり出すのはまあ仕方がないとして、家族を放っぽり出すとはどういう了見なのよ。聞けば、この頃は仕送りもまるでしていないっていうじゃないの。私たちの父親だって、そりゃあ女道楽で家を出たひどい父親だけど、私たちが子供の頃、毎月の仕送りだけは欠かさなかったわ。親としての最低の義務だけは果たしていたわよ。それが一雄ときたらどう？　まるで無責任じゃないの」

頼子の口吻は、次第に激しくなっていく。

「一雄は、家に残した家族がどうやって食べていかれると思っているのかしら。わずかばかりの田畑を人様に貸したあがりなんかでは、とても暮らしていけないことくらい、一雄だってよく分かっているでしょうに。弓子さんが勤めに出るようになったのもそのせいでしょう?」

「ねえ、弓子さん」と相づちを求められて、弓子が答えられないで困っている様子が目に浮かぶ。

「今度決まったという仕事だって、いつまで続くものやら。とにかく、なんとしてでも一雄に家に帰ってもらうことだわ。そもそも仕事探しに家を出るなんてのが最初から間違っていたのよ。弓子さん、どうしてその時、一雄を止めなかったの」

非難の矢が今度は弓子に向かっていく。

「まあまあ、姉さん、今頃そんなことを言って弓子さんを責めても仕方がないでしょう。一雄はいったん言い出したら引かないところがあるからねえ。いくら周りが反対したって、聞くもんじゃないわ」

敏子が、周囲に漂い始めた険悪な雰囲気を追い払うように、あえてのんびりした口調で言った。

「そうそう、大体兄さんは独りよがりで、人の言うことなんか聞く人じゃないのよ」

一雄とは一つ違いで、幼い頃からけんかばかりしていたという朝子が、この時とばかり勢い込んで言う。

「いつだったか、兄さんが養豚を始めたいと言い出した時のこと覚えてる？　そう、五年前のことよ。これからは百姓だけで食べていくのは難しい。そこで副業として養豚をやりたい。ついてはその資金を作るために田畑を少し売りたいと言って、私たちに相談が持ち掛けられたでしょう。豚を一頭、二頭飼う話かと思ったら、豚舎を作って大々的にやりたいなんて言うから、私たち皆で反対したわね。成功したら儲けは大きいなんていっても、素人がやることだもの、そううまくいくわけがないって誰もが思った。いっぺんにそんな無理をしないで、ぼちぼちとやったらどうかって、皆で説得しようとした。でも、兄さんたら、強引に押し切ってしまったでしょう。そのあげく、結局は失敗して」

朝子の話を聞いて、その頃の情景がはっきりと目に浮かんだ。あれは、あたしが確か三歳の頃だった。数人の大人たちが庭の中を狂ったように逃げ回る小豚を追いかけていた。豚舎から逃げ出した小豚を捕まえようとしていたのか、必死の形相の大人たちに混じってあたしも一緒に小豚を追った。小豚はピンク色に艶々と輝いていて、捕まえようとするたびにつるりつるりと滑ったような手の感触を覚えている。

あの時、一緒に子豚を追いかけた大人たちの中に父の一雄もいたはずだ。必死で暮らしを立て直そうとしていた頃の父の姿は記憶にないが、田畑を売ってまでして養豚業に望みをかけていたのに、それがうまくいかなかった父の気持ちを思うと、あたしは初めて父がかわいそうに思えた。

そんなことをぼんやりと考えていると、いつの間にか、奥座敷での大人たちの声が急に低まって、何やら密談めいた内容の話に移っている気配が感じられた。

台所から聞き耳を立てるが、奥座敷での声は切れ切れにしか聞こえてこない。それでも、「一雄」、「平塚」、「女」といった言葉を一瞬のうちに耳が捕らえる。それらの言葉を繋ぎ合わせると、嫌でも母と交わした秘密の約束にたどり着いた。

夏休みの最初の日、母と平塚の父の家に行った時に若い女の人に会ったこと、それは、母とあたしだけの秘密で、誰も知っているはずはなかった。なのにどうして、と不思議に思っていると、突然弓子の激した声がした。

「一雄さんに限って、そんなことありません。何かの間違いです」

「そうだといいんだけど……、でもね、弓子さん、この前、うちの人が平塚の駅前で一雄を見掛けているのよ。一雄ったら、若い女と腕を組んで、まるで恋人同士のように歩いていたって。そんな姿を見れば、誰だって二人の仲を疑ってしまうわ。うちの人が、一雄君はどうなっているんだって、心配するのも無理はないでしょう？」

頼子の声も興奮してか、次第に高くなる。

「聞けば弓子さん、あんた、夏休みの初めに晶子と一緒に一雄の家に行ったというじゃないの。その時、一雄は留守で会えなかったそうだけれど、家に女の気配があるかどうかくらいは分かったでしょう。どうなの、弓子さん」

「あの時は家の中に入れなかったし、隣の奥さんに話を聞いただけで……」

「一雄が近いうちに家に帰るようなことを言っていたという話でしょう？　さっき、おっかさんから聞いたわ」

「それなのに、兄さんからはなんの音沙汰もなし。その話を聞いてから、ひと月近くも経つでしょう？　帰る気なら、もうとっくに帰っているわよ」とそばで朝子が追い打ちをかける。

「申し訳ありません」

弓子の声は次第に勢いがなくなって、蚊の鳴くように小さい。

「あんたに謝られても困るんだけど……、弓子さん、私たち心配なのよ。ほら、父親の例があるから。一雄も父親の悪い血を引いて、女のことで家に帰りたくても帰れなくなっているんじゃないかって。まあ、女房のあんたが一雄を信じて待つと言うんなら、はたからどうのこうの言うこともないんだけど、おっかさんがずいぶん心配しているようだしねえ」

いくぶん冷静さを取り戻した声で頼子が言った。

「私は別に……」

話の矛先が突然自分に向けられて、どぎまぎしたキヨが口ごもる。

キヨは、自分の娘ながら性格のきつい頼子を時に持て余してしまうこともあるようだが、この時は黙って頼子の話を聞いていた。一雄のことは心配でも、自分にはどうすることもできないと諦めていただけに、こうして娘たちが揃った時に皆で相談するのも悪くないと思ったのだろうか。「それで?」と頼子の話を先へ促す。

ところが、頼子の話は、あたしが思ってもいない方向へと飛躍してしまった。

「とにかく、これからもこんな曖昧な状態がずっと続くんなら、私はもちろん、うちの人だって黙っちゃいないわ。晶子のことだってあるし……」

「おまえ、一体何を言い出すの」

　キヨが慌てて頼子を止めようとしたが間に合わなかった。頼子はさらにとんでもないことを口にした。

「大人はまあいいとして、晶子はこの先どうなるのよ。子供は育つ環境で大きく左右されるでしょう。このままだと取り返しのつかないことになりそうで、私はじっとしてはいられない気持ちよ。いっそのこと、うちで晶子を引き取ったらどうかとも考えるわ」

　なぜ頼子がそんなことを言うのか、あたしには理解できなかった。弓子を目の前にして、親でもないのに余計なことを言う、とむやみに腹が立った。それに、そんなことは起こりようもないが、どんなに頼まれても、頼子の家にだけは行くものか、と思った。

　子供が大勢いるうえに、舅姑まで抱えた頼子の家が、自分の家よりそう豊かであるはずがない。食い扶持が一人増えて、迷惑がられるのが落ちである。それに、今まで何度か遊びに行った時の感じでは、頼子の舅姑というのが気難しい人たちのようで、あたしなどとてもそばには寄れない。頼子の家が住むのに居心地の良い家とは到底思えなかった。

　当然、弓子から反駁の声が上がるものとあたしは期待した。「いくら義姉さんでも、それは言い過ぎというものですよ」と弓子は言ってしかるべきだった。それなのに、何も言おうとしない。それがどうにも腑に落ちなかった。

その時、あたしはふと嫌な予感がした。それまで自分をしっかり支えていたはずの足元がにわかに崩れていく感じ。我が身の存在の基盤が急に頼りないものに思えて、あたしの胸の奥深くがあわ立った。

「まあ、姉さん、話はそれくらいにしておきなさいよ」

もめごとの起きそうな時はいつも仲裁役に回る敏子が、この時も頼子をなだめるように言った。

「姉さん、晶子には弓子さんという親が付いているのよ。いくら一雄がだらしがないからといって、晶子を弓子さんから取り上げることはできないわ」

「弓子さん、許してやってね」

敏子は如才なく弓子にも声を掛けたが、返事はなかった。奥座敷が急に静まって、外の蝉の声が賑やかに聞こえ始めた。

あたしは玄関で誠とかほりを待たせていたことをふいに思い出した。二人を外に遊びに連れていく約束だった。急いで玄関へいってみると、そこに二人の姿はなかった。待ちくたびれて、前庭で遊び始めたのだろうか、外から子供たちの騒ぐ声が聞こえた。

あたしは二人の遊びに付き合う気にはなれなかった。さっきから、頭の中でグルグルと疑問が渦巻いていた。

頼子伯母はなぜあんなことを言ったのだろう。親でもないのに、あたしを家に引き取るなんてことを。それに母が反論しなかったのは、なぜだろう。

いくら考えても、答えは出ない。考えすぎて、頭が痛くなってきた。外の空気を吸おうと、玄関のたたきに降りてサンダルをつっかけると、表庭ではなく、土間を通って裏庭へ出た。

そこから先は、平台と呼ばれる台形の奥まった杉山まで、田んぼや畑が広がっている。その中を通る道は、サンダル履きでは歩きにくかったが、人の姿が見えないところで一人になりたかった。

今は誰とも顔を合わせたくなかった。どこにも行く当てはなかったが、ふらふらと歩いているうちに、杉山の登り口にある祠の前まで来た。その脇に、腰を掛けるのにちょうど手頃な大きさの石があったので、あたしはへなへなとそこに座り込んだ。それ以上はもう一歩も歩けなかった。石ころだらけの道をサンダル履きで歩いたせいで、足がじんじんと痺れるように痛かった。

ひんやりとした石の上に座っているうちに、気持ちが次第に落ち着いてきた。しばらくの間、背面の林から降り注ぐ蝉時雨に身を委ねる。目を閉じると、自分の身体が浮き上がって、杉林の中を空中遊泳しているような気分になった。

やがてうっすらと目を開けた時、足元を忙しく行き来する蟻の行列に気付いた。黒々と太くて逞しい手足をした蟻の行列だ。あたしの座っている石の下に巣でもあるのか、石と地面の間の狭い隙間を窮屈そうに潜ったり這い上がったりしている。餌らしきものを運んでいる蟻もいたが、ほとんどの蟻は手ぶらで、互いの身体をぶつけ合うようにして歩いていた。

時間が経つのも忘れて、あたしは蟻の行列に見入っていた。永遠に続きそうな蟻の行列だった。それを眺めているうちに、もやもやした気持ちがいつの間にか薄れていった。

「なんだ、晶子か」

耳元で声がして振り向けば、曽祖母のミナが立っていた。

ミナは杉林の中の杣道から下りてきたところだった。娘たちを見送りに出たついでに、平台近くの畑を見回りに行っての帰りらしい。もっとも、その畑というのが、かつては自分の家のものであったが、今では人手に渡ってしまったもの。それでもミナは気に掛かるのか、時折散歩のふりをしては畑の様子を見に行っていた。

「なあ、晶子、土は生き物だな」

あたしの隣に腰を下ろすなり、ミナが言った。

「一生懸命耕して、肥やしをやって大事に扱えば、立派な作物を作ってくれる。だがな、粗末に扱えば、次第に力が弱って、ろくな作物もできんようになる。あんなに雑草ばかり生やしておくようじゃあ、あの畑の土もいつかは死んでしまうだろうよ」

ミナはそう言うと、大きな溜め息をついた。

返す言葉もなく、あたしは黙ってミナを見つめた。皺に埋もれたミナの目が潤んでいるように見えた。普段は飄々としているミナの苦悩をみる思いがして、胸が痛んだ。

あたしはミナと並んで石に座り、蝉時雨に打たれていた。ミンミンゼミの合唱の合間に、カナカナの優しい声が混じって聞こえてくる。夏の長い一日に、ようやく日暮れが訪れようとしていた。

「小さいおばあちゃん、うちへ帰ろう」

あたしは思い切りよく立ち上がると、ミナの手を取ってその小さな身体を引き上げた。

三

あたしたちが家に戻った時は、頼子と朝子のところがすでに引き上げた後だった。その後に来た娘のアキとナツと一緒に敏子のところだけがその夜は泊まることになっていた。あたしは敏子の家族が好きだった。勝ち気で物言いもはっきりした姉と妹の間に挟まれて、この伯母だけがおっとりと優しい。従姉たちの性格も母親に似て温和で、あたしにはいつも優しかった。敏子のところだけが残ってくれて本当によかったと思った。

その夜は、奥座敷でアキやナツと一緒に寝ることになった。蚊帳を吊った部屋に重ねるように布団が敷き詰められると、もうそれだけであたしは興奮した。

夕食が済んだ後で、従姉たちと一緒に蛍狩りに出掛けることになった。お盆の間は殺生が禁じられ、蝉やとんぼを捕まえることはできなかったが、朝になれば草むらに帰してやる蛍を狩ることは大目に見られていた。

「いいか。暗闇で光っているからって、何も蛍ばかりとは限らないぞ。まむしの目だって、夜は光るんだから。ピカーリ、ピカーリ、お尻のほうで光ったり消えたりしてるのが蛍だ。

くれぐれも間違えないようにな」

ミナにさんざん脅かされた後で、あたしたちはすっかり暗闇に閉ざされた外に出た。懐中電灯の灯を頼りに恐る恐る歩き始めたが、しばらく行くと次第に目が暗闇に慣れてきた。月明かりと夜空に宝石のように散りばめられた星明かりで、周囲の景色がぼんやりと浮かび上がって見える。まるで幻想の世界に迷い込んだような心地だった。

用水路の辺りまで来ると、おびただしい数の蛍に迎えられた。水の流れに沿って、天の川のように光の帯がきらめいていた。はっと息をのむような美しさだった。

誰も口をきかず、しばらくその場に呆然と立ち尽くしていた。そのうち、水際から離れた光の粒子の一つがあたしの肩先に止まった。片手をお椀の形に伏せると、その光の粒子をそっと掬い取った。

手の中に小さな光の虫がいた。蛍は捕らえられたことに気付かないのか、手のひらを優しくくすぐるように光の点滅を繰り返している。あたしは逃げられないように急いで蛍を虫かごに移した。麦藁で編んだ虫かごの中には、濃い紫色の花を付けた露草が入っている。かごの中の蛍は、自分の住処《すみか》を見つけて安心したように、露草の上にゆっくりと止まった。

それからしばらくの間、あたしたちは蛍を捕まえるのに夢中になった。身体に止まるのを待つまでもなく、稲の穂先や草の葉先からおもしろいように簡単に蛍が掬い取れる。小さな虫かごは、たちまち蛍でいっぱいになった。

　家に帰ると、奥座敷に吊った蚊帳の中に蛍を放った。灯を消した部屋の中で、蛍たちは光の尾を引きながら音もなく飛び交った。惜しみなく繰り広げられる幻想的な光の饗宴に、その夜は大人も子供も酔いしれた。

　眠りに就くのが惜しいような晩だった。できれば一晩中でも蛍を眺めて起きていたい、とあたしは思った。だが、その日はとてつもなく長かった一日で、すっかりくたびれ果てていたので、布団に横になったとたん睡魔に襲われた。目を大きく見開いていようと思うそばから瞼が重く塞がっていく。閉じた瞼の奥で蛍の輪舞を追いながら、たちまち深い眠りに引き込まれていった。

第四章　友さん

一

残暑はまだ厳しかったが、お盆を過ぎた辺りから、家の周囲のそこかしこで秋の気配が漂い始めた。

太陽に向かって咲く向日葵の裾で薄が穂を出していたり、ミンミンゼミの賑やかな合唱に代わってツクツクボウシが悲しげな独唱を聞かせたり、夜になると松虫など秋の虫が草むらで演奏会を始めた。そうとは気付かぬうちに、秋は確実に忍び寄っていた。

この頃になると、集落の子供たちはそわそわと落ち着かなくなった。結局今年も溜めに溜めてしまった宿題の仕上げに躍起になって、遊びにも気合いが入らなくなる。それまで朝早くから夜遅くまで集落中に絶えることがなかった子供たちの嬌声がぱったり聞こえなくなった。

今年の夏は家にいることが多かったので、早々と宿題を終えてしまったあたしは、遊び相手も見つけられずに暇を持て余した。

そんなあたしを見かねてか、母の弓子が青果市場へ連れていってくれることもあった。青果市場は母の勤め先であり、そこへ行ったからといって誰もあたしをかまってくれるわけではなかったが、一度行ってみて、すっかり病みつきになった。家にいるのと違って、そこは一人で過ごすのに退屈しない場所だったからである。

朝七時。青果市場に着くと、市場の中はすでに活気に満ち溢れている。農家のリヤカーやオート三輪で朝採れの野菜や果物が続々と運び込まれては、市場の中央にしつらえられた競り場に所狭しと並べられていく。

七時半、競りが始まる。威勢のいい競り人の濁声が、市場中に響き渡る。競りの間は、男たちの顔付きが真剣勝負に挑む侍のように険しくなる。いつもはひょうきんな「八百辰」の小父さんや優しい「二宮青果店」のお兄さんも同様で、この時ばかりはまったく取り付く島もない。あたしは市場の片隅で、ただおとなしく競りの様子を眺めているだけだった。

それでも、一日の中で最も市場が活気に溢れる競りの時間が、あたしは大好きだった。競り人のリズミカルな掛け声と合いの手のように入る競り落とし人の声を聞いていると、ちょうど調和の取れた旋律の音楽でも聴いているようないい気分になった。

やがて九時、競りが終わった市場の中は、廃墟のようにがらんどうになる。木箱に山と積まれた野菜や果物がすっかり消えて、後には埃っぽい空気の中に食べ物のすえたような匂いだけが残った。

それからが弓子たち事務員の出番で、事務所の机に山と積まれた伝票整理に追いまくられた。見るからに大変そうで、しかも退屈そうな仕事だった。

事務所は市場のどん詰まりにあって、裏には生活用水で汚れてブクブクと泡立ったどぶ川が流れていた。その上の高架線路を湘南電車が走っていた。処分品の野菜や果物の匂い、川から上がるヘドロの匂いで、事務所の中はいつも息苦しかった。おまけに、電車が通るたびに揺れるので、なんとも居心地が悪かった。それでも弓子を含めて三人の事務員たちは、慣れているのか、それとも諦めているのか、文句も言わずに一日中黙々と働いていた。

そんな様子を眺めていても少しもおもしろくはないので、あたしはその時間になると、市場を出てあちこちをさ迷い歩いた。

青果市場から駅までの通りは、軒の低い木造の古びた商店が肩を寄せ合うように並んでいた。乾物屋、雑貨屋、駄菓子屋など、それらの一軒一軒の店を虱潰しに見て歩くのは楽しかった。その時間は少しも退屈ではなかった。おかげで、あたしはどの商店がどのような商品を扱っているのかよく分かるようになり、その商店街のちょっとした通になった。

あたしがふらりふらりと両脇の商店を覗きながら歩いていると、「あら、晶ちゃん」と、「河野青果店」の奥から声が掛かることがある。声の主は担任の河野先生で、夏休みで家にいるような時は、店番に立つこともあった。先生は、店が暇な時はあたしの格好の話し相手にもなってくれた。時には、「これは傷物で商売にならないから」と言って、おみやげに梨や桃などを持たせてくれたこともある。そんな先生があたしは大好きだったし、会えるのが楽しみだった。

正午を知らせる町役場のサイレンが鳴ると、事務所の仕事もようやく一段落して、弓子たち事務員の昼休みとなる。それぞれが家から用意してきたお弁当を広げる時間だった。事務所の中は暑苦しいので、風の通り抜ける涼しい市場の一角にりんご箱を並べた即席の食卓を囲んで食べた。

弓子はあたしの分のお弁当も用意してくれた。母の手作りのお弁当。その中にはあたしの大好きな卵焼きが必ず入っていた。弓子が女事務員たちと一緒に楽しそうにおしゃべりするそばで食べるお弁当は格別においしかった。

午後一時、再び事務所の仕事が始まる。弓子の仕事が終わるのは午後の四時なので、それまでの三時間は至極退屈な時間となった。あたしだけ先に家に帰ればいいようなものだが、家に帰ってもつまらないし、あたしは時間を持て余した。

仲のいい友達の家に行って遊ぶこともあったが、そうたびたび行っては先方に迷惑が掛かる。それで、時間つぶしに、その当時町に一軒だけあった映画館に一人で入ったこともあった。入場券売り場で切符を買った大人の後ろにくっついて入れば、誰にもとがめられなかった。

大人たちに紛れて、あたしはどんな映画も夢中になって観た。大抵はチャンバラ映画だったが、時には恋愛映画のようなものもあった。映画は単なる時間つぶしではなく、時を忘れるほど人を夢中にさせるものだと初めて知った。

朝が早い青果市場では、午後の四時には仕事が終了する。その時間が来ると、ようやく母を取り戻せる喜びで胸が弾んだ。一日の仕事から解放された弓子のそばにべったりと張り付いて、まるで幼児に返ったようにあたしは甘えた。

大抵は商店街で買い物を済ませてから家路につくのだが、その間、あたしは母にその日あったことを機関銃のようにしゃべりまくった。もっとも、映画を観たことだけは黙っていた。

仕事でいくら疲れていても、弓子はうるさがらずにあたしのおしゃべりを聞いてくれた。そうこうするうちに、二人は優しいカナカナの声に迎えられ、キヨとミナの待つ家へと帰るのだった。

二

あたしが友さんを知ったのは、そんな青果市場通いが何度か続いた頃のことである。友さんの本名はなんと言ったか、一、二度聞いたような気もしたが、すぐに忘れてしまった。青果市場では「友さん」で通っていたので、あたしも皆に倣って「友さん」と自然に呼ぶようになった。

友さんの家は、あたしの家とは割と近いことが分かった。国道一号線からあたしたちの集落に入る道をもう一本先にいった道から入る集落にあった。土地の名産品である落花生や季節ごとの野菜果物を作る専業農家で、友さんはその家の跡取り息子だった。

まだ二十代半ばの友さんと、それより十歳も年上の弓子とは不思議に気が合うらしく、顔を合わせるとよく親しげに話をしていた。

ある日の夕方、帰り支度をしている弓子を事務所の前で待っていたあたしの前にふいに友さんが現れた。

「よう、晶ちゃん、今帰りか。よかったら、うちのオート三輪に乗ってけよ、家まで送ってくから」と言って、友さんは返事も待たずにすたすたと駐車場のほうへ向かって歩きだした。

「お母ちゃん、早くして。友さんが家まで車で送ってくれるって」

慌てて弓子を呼ぶと、友さんの後を急いで追いかけた。

あたしを真ん中にして三人が車に乗り込むと、身動きも取れないほど中は窮屈になったが、それはそれで楽しかった。

「晶ちゃん、腹減ってないか。送るついでに、どっか途中でラーメンでも食ってくか」と友さんに誘われれば、「うん、食べる、食べる」とあたしは二つ返事で応じる。友さんにはそんな気安さがあった。

友さんのオート三輪で家まで送ってもらう回数が増えるにつれ、あたしはすっかり友さんのことが好きになった。映画の主人公のように美男子でも格好良くもないが、友さんと一緒にいると、そよ風に吹かれているように心地良かった。

弓子も友さんには気を許しているのか、他愛のないおしゃべりをしては、少女のようにころころとよく笑った。楽しそうに笑う母を見るのは久し振りだった。あたしはその幸せそうな笑顔を眺めて、自分までが幸せな気分になった。

時に、あたしは友さんを父の一雄と比べてしまうことがあった。あたしにとって、父は相変わらず床の間のなげしに飾られた写真の人のままだった。しゃちほこばった軍服姿のその人は、口もきかず、ましてや笑顔など見せることもない。実体のないそんな父に比べると、野良着替わりに古ワイシャツを着て笑っている目の前の友さんは、手を伸ばせば触れることができる生身の暖かい存在だった。あたしは、もし友さんが父親だったら、などと勝手に空想しては、自分の突拍子もない考えに気付いて唖然とした。

友さんのオート三輪で家まで送られるのが、そのうち習慣のようになった。そのことをあたしは少しも変だと思わなかった。むしろ、友さんと付き合うことで、弓子が以前よりずっと明るくなったことを素直に喜んでいた。焦点の定まらない瞳に生気が戻り、眉間に皺を寄せた憂い顔を見せることもなくなった、そんな母を見るのが何より嬉しかった。

三

「晶ちゃん、次の土曜日に、泊まりがけで根府川の家に遊びに行こうか」

八月も終わりに近づいた頃、夕食が済んだ後で弓子が唐突に言い出した。

夏休みも間もなく終わり、二学期がもうすぐ始まろうとしていた。そんな矢先に遊びに行こうなんて、母らしくなかった。

いくら宿題を終えたからといって、毎日だらだらと過ごしているあたしに小言を言ってしかるべきなのに、遊びに行こうと誘うなんて、確かに変だ。

そう思ったのはあたしだけでなかった。そばにいたミナとキヨも訝しげに弓子のほうを見た。

「いえね、この夏休みは私も慣れない仕事で余裕がなかったものだから、晶子をどこにも連れていってあげられなかったでしょう。ここへ来て、仕事のほうも落ち着いてきたし、今度の土曜日に休みをもらって、一晩泊まりで根府川の家に行ってこようかと思って」と弓子はあたしたちの誰にともなく言った。

　根府川の家とは、夫を早くに亡くした弓子の母が再婚した相手の家である。義理の父となった人が好い人で、実の父親のように弓子を可愛がってくれたうえに、結婚した弓子に、「ここはおまえの家なんだから、帰りたい時にはいつでも帰っておいで」といつだって快く迎えてくれたそうだ。

　今ではその義父も母親も亡くなって、その家には弓子の妹夫婦とその子供たちが住んでいるが、弓子にとっては今でも実家であり、仲のいい妹とその家族が温かく迎えてくれるので、年に何度かは帰っていた。

「そういえば、今年はお正月以来まだ一度も根府川の家には行ってないんじゃないの？」

　キヨが遠いところを見るようなまなざしで小首を傾けて言った。

「そうそう。もうずいぶんあっちの家にも御無沙汰してるな」と、ミナが相づちを打つ。

それで、次の土日に根府川の家へ行く話はすんなりと決まった。

「よかったねえ、晶ちゃん、根府川の叔母さんちに行けることになって。この夏休みはどこにも遊びに連れていってもらえなかったって、晶ちゃん、ずいぶんぼやいてたでしょう。おばあちゃん、かわいそうに思ってたから、これでほっとした」

キヨは、例によって、人の喜ぶことは自分も嬉しい、と手放しで喜んでみせた。

だが、あたしの気持ちはもう一つ弾まなかった。どう考えても、弓子の申し出は唐突に思われてならない。それに、物言いや態度がどことなくきょときょとして落ち着かないのも気に掛かる。母は、いつもの母らしくなかった。

第五章　東京へ

一

夏休み最後の土曜日、母の弓子と一緒に根府川の家へ遊びに行くことになったあたしは、朝からはしゃいでいた。母と出掛けるのは、夏休みの最初の日に平塚の父の家に行った時以来だった。あの時はしぶしぶ行ったが、今日は違う。青果市場の仕事を休んだ母と、丸二日楽しく過ごせるのは、なんといっても嬉しかった。

あたしは、この夏に平塚の父の家へ行く時に買ってもらった濃紺の水玉のワンピース、弓子は淡いピンクのワンピースと二人で精いっぱいのお洒落をして、朝のまだ涼しい時間帯に家を出た。

家から国道一号線のバス停まで歩き、そこからバスに乗って、二宮の駅に着いたのは、

十一時少し前だった。改札口脇の切符売り場で切符を買おうとした時、

「ねえ、晶ちゃん、久し振りにおめかしして出掛けるんだから、ちょっとどこかで遊んでいこうか。根府川の家には夕方までに着ければいいんだから」

と弓子が唐突に言った。

あたしが返事をためらっていると、さらに話を先へ進める。

「そうねえ、どこがいいかしら？　今からだと、夕方までにまだだいぶ時間があるし……、そうだ！　ねえ、晶ちゃん、東京へ行ってみようか」

「東京？」とあたしが訝しげに聞き返すと、「そう、東京」と弓子は力を込めて言った。

「あんた、一度でいいから東京へ行ってみたいって、前から言ってたじゃない」

それなのに、なぜ素直に喜ばないのかと、ちょっぴり非難がましい口調である。それでも、あたしは狐に摘まれたような気持ちで、嬉しいと手放しで喜ぶ気にはなれなかった。弓子がやけにはしゃいでいるのも不安だった。

「でもね、お母ちゃん、この荷物はどうするの？」

あたしは背中に背負った赤いリュックサックをゆすってみせる。根府川の家へのおみやげやら着替えやらで、ずっしりと重いリュックを背負ったまま、東京へ遊びに行くのは嫌

だった。

「そうねえ、遊びに行くのに、その荷物は確かに邪魔ねえ」

弓子は腕を組んでしばらく考えていたが、やがて良い考えが閃いたというように両手をぱちんと打ち、にっこりと笑って言った。

「東京駅まで行って、その荷物をいったん駅の荷物預けに預ければいいのよ。そうすれば、身軽になって遊べるでしょう？　帰りは東京駅から電車に乗って根府川まで行くんだから、荷物はその時に引き取ればいいわ」

母の言うことはもっともだったが、何か心に引っ掛かるものがあった。それがなんなのか、その時は分からなかったが、あたしは東京行きをしぶしぶ承知した。

これで一件落着というように、駅前の売店へ行こうとする弓子の後をあたしは追った。売店で昼の弁当やら菓子やらをたくさん買い込んでから、改札口から高架橋を渡って、上りのプラットホームに降りた。

「一番後ろが混まなくていいから」とホームの最後尾までずんずん歩いていく弓子の後をあたしは小走りで追った。確かにそこは人影もなく閑散としていたが、その代わり、殊の外厳しいその年の残暑から逃れる日除け一つなかった。あたしたちは、照りつける太陽にじりじりと肌を焼かれながら、電車が来るまで駅のホームで立ち尽くすことになった。

熱で膨脹した線路のレールが、今にも飴ん棒のようにくにゃくにゃと曲がりそうだった。あまりの暑さに堪り兼ねて、電車を待つ人々は階段下の暗がりか、ホームの中ほどの狭いベンチの日除けの中に潜んでいた。人声が聞こえない代わりに、夏の名残を惜しんでか、線路脇の桜の木で狂ったように蝉が鳴き続けていた。

暑さで頭がくらくらして、ボーッと霞んだあたしの目に、突然知った人の姿が見えた。友さんだった。友さんがホームの中ほどにある階段から下りて、こちらに向かって歩いてくるのが目に入った。

真夏の蜃気楼でも見るような感じだった。あたしは自分の目を慌てて擦った。

「お母ちゃん、あの人、友さんじゃない？」

あたしは弓子のワンピースの袖を引いて注意を促した。

「そうねえ、よく似てるけど」弓子は目をすがめて、こちらへ向かってぐんぐん近づいてくる人の姿を確認しようとした。

その人は、やはり友さんだった。友さんのほうでもあたしたちの姿を認めて、真っすぐにこちらへ向かって歩いてきた。そして、「やあ」とあらかじめ待ち合わせをしていた人にでも言うように、大きく片手を上げて挨拶をした。弓子が軽くお辞儀をして、「こんにちは」と挨拶を返した。

その日の友さんは、しゃきっとして別人のようだった。髪は洗いっぱなしのぼさぼさ頭だが、服装が違っていた。いつも市場に着てくる着古したワイシャツの代わりに、下ろし立てのような真っ白いポロシャツを着て、グレーの折り目の付いたズボンを穿いている。珍しくお洒落をした友さんは、どこかぎくしゃくとした様子だったが、あたしにはとても格好良く見えた。

「友さん、どこへ行くの？」とあたしが尋ねると、友さんは「東京」とぶっきらぼうに答えた。

「えっ、東京？　じゃあ、あたしたちと一緒だね」と言った後で、ふと気付いた。

もしかしたら、今日の東京行きは、初めから決まっていたのではないかということに。あたしには内緒で、弓子と友さんの間で前から計画されていたような気がした。

「友さんも東京へ遊びに行くの？」と聞いても、友さんは黙ってうなずくだけで、ズボンのポケットからハンカチを出して額の汗をしきりに拭いていた。

今日の友さんは、いつもの友さんらしくなかった。服装もそうだが、どこかぎこちなく、口数も少なかった。そんな友さんに合わせるように弓子も黙って、電車がやってくるのをじっと待っていた。

友さんとは十歳も歳が離れているのに、弓子は若々しくてきれいだった。淡いピンクのワンピース姿で友さんと並んで立つと、とてもお似合いだった。まるで、映画に出てくる恋人同士のようだ。そんな二人を交互に見て、あたしはなんとはなしに嬉しくなった。

「お母ちゃん、友さんと一緒でよかったね」とあたしが言うと、弓子は嬉しそうに笑んだ。

ようやく東京行きの電車が来た。線路の向こうからユラユラと立ち上ぼる陽炎を掻き分けやってきた電車に乗り込むと、車内は暗くて、思いの外涼しかった。天井に吊された扇風機の風は生温かかったが、窓から入ってくる風はすでに秋の匂いを含んで爽やかだった。

あたしは窓際の席に腰掛けて、車窓の景色が後方へ流れ去る様子を飽かずに眺めていた。弓子はあたしと向かい合わせの窓際の席に、その隣に友さんが腰掛けていた。

電車が二宮駅を離れるにつれて、弓子と友さんは、次第にいつもの調子に戻ってきた。二人ともよくしゃべり、よく笑った。何がおかしいのか、友さんが話すたびに弓子が笑い転げる。あたしもつられて、目から涙が出るほど笑った。

二人が並んで座っていると、恋人同士か、仲のいい夫婦のように見える。そうなると、あたしはさしずめ二人の子供ということになる、などとあたしは勝手に想像を膨らませた。もし友さんが自分の父親だったら、と考える。もしそうだったら、こうして三人で出掛けることもたびたびできるのに、と思う。

あたしには、父と一緒にどこかへ遊びに行ったという記憶がない。出掛けるといえば、いつも母とばかりで、遊園地などで両親に手を片方ずつ引かれた子供を見ると、ついそちらへ目が行った。日頃は父のいないことを寂しくもなんとも思っていないのに、そんな時は、片翼をもぎ取られた飛行機のように気持ちが不安定になった。

友さんがあたしの父親になってくれたら、二度とそのような気持ちを味わうこともないだろう。そんなことをあたしが考えているともつゆ知らず、友さんはのんきそうに海苔巻を摘んでいた。さっき弓子が駅前の店で買い求めた海苔巻である。それを勧められるままに食べている友さんは、どう見ても父親の柄ではなかった。一人で勝手な想像を巡らせていたことに気付いて、あたしは思わず赤面した。

平塚駅で五分間の急行電車通過待ちの停車時間があった。その間、あたしはそわそわと気持ちが落ち着かなかった。もうずいぶん前のことのようにも思えるが、弓子と一緒にこの駅で降りて郊外の父の家を訪ねたのは、ほんのひと月前のことだった。その時のことが、「ひらつかぁ、ひらつかぁ」と告げる駅員の声で突然呼び覚まされてしまった。それまでの楽しかった気分に水を差されてしまい、あたしはしゅんと押し黙った。

母は、と見ると、弓子は意外にも平然として、相変わらず友さんと楽しそうにおしゃべりをしていた。ここがどこの駅であるか、まるで頓着していない様子である。あたしには母の気持ちがよく分からなかった。

父のことはもう気にはならないのだろうか。魂を抜かれてしまったような母を見たのはあの日が初めてで、だから、あたしの脳裏にはあの日のことがはっきりと焼き付いて離れない。それは、母にしても同じではないかと思っていたのだが。

平塚駅の雑踏をぼんやりと眺めているうちに、頭の中で薄れて消えかかっていた記憶が再びはっきりと蘇った。平塚郊外の埃っぽい田舎道、遠くにそびえ立つ山並み、同じような造りの粗末な家々。その中の一軒は父の家だ。そして、父の家の玄関脇に咲き誇っていた真紅の立葵の花。そして、……。

その先を思い浮かべようとして、思考がぴたりと止まった。その先を思い浮かべれば、いやでも母との秘密の約束にたどり着く。弓子がその約束を忘れてしまっているのなら、何も自分一人がそれを思い返してくよくよ悩むことはない、とあたしは思った。

二

午後の一時過ぎに電車が東京駅に着いた。あたしが「上野動物園へ行ってみたい」と言ったので、そこで電車を乗り換えて上野駅まで行くことになった。東京駅もそうだったが、上野駅の雑踏はさらにすごくて、リュックを預ける荷物預けの場所にたどり着けなかった。「俺が持ってやるよ」と友さんがリュックをあたしの肩から外すと、自分の片方の肩に引っ掛けた。友さんには小さすぎる赤いリュック、それを目印に、あたしは弓子と手を繋いで友さんの後を追った。

混んだ駅から動物園までの道で迷子にならないように、と弓子があたしの手をしっかり握る。友さんはあたしたち二人を雑踏から守ろうと、盾代わりになって少しずつ前へ進む。ようやく息がつけるようになったのは、上野動物園の中の緑深い道を歩き始めた時である。ふと気が付くと、いつの間にか、あたしは弓子と友さんに挟まれて両手を引かれていた。いつか見た親子づれの光景とそっくりだった。あたしは、幼児のように甘えたくなって、二人に握られた手を大きく振って歩いた。

　上野動物園の広さと動物の種類の多さには圧倒された。小田原城の天守閣下にある小さな動物園しか知らないあたしには想像もつかないほどの規模の大きさだった。園内を半分も回らないうちに、すっかりくたびれてしまった。弓子と友さんも久し振りに都会の賑わいに振り回されたせいか、二人とも毒気に当てられたようにげんなりした表情をしていた。どこかでしばらく休んでいこうという話がすぐにまとまった。

　上野の森の中の道を当てずっぽうに歩いているうちに、池にたどり着いた。不忍池という名の大きな池である。その近くの茶店風の一軒家が目にとまった。どうやら料理旅館を兼ねた店であるらしく、弓子は最初少し躊躇する様子だったが、結局その家の二階座敷に通されて休むことになった。

　陽が西へだいぶ傾いたのに、まだ外の暑さは厳しかった。なのに、不忍池に面したその座敷は、涼風が吹き渡っていた。不忍池の水面を渡ってくる風だった。座敷に入るなり、あたしたちは畳の上に身体を投げ出して、涼風にしばらく身を任せた。

　しばらくすると、和服を着た店の仲居さんがお茶とお菓子をお盆に載せて運んできた。

「ここで、食事も取れるの？」その人に弓子は尋ねた。

「はい。でも、今の時間はまだ。食事は五時からとなっております」と仲居さんが答える。

弓子は腕時計に目をやると、

「そろそろ五時近くになるわ。まだ外は暑いし、せっかくだから、ここで晩ご飯を食べていかない？」と、友さんとあたしのどちらへともなく言った。

なんと答えていいものか、あたしはとっさに返事ができなかった。歩き回って疲れていたし、外はまだ暑そうだし、涼しい部屋から一歩も外へ出たくない気持ちだったが、だからといって、ここで晩ご飯を食べていく気にもなれなかった。

「でも、これから根府川の家に行くんだし、ご飯は向こうで食べるんじゃなかったの？」

あたしが尋ねたことに、弓子はすぐには答えなかった。少し考えるふうだったが、

「今から行っても、根府川の家に着くのは、夜の八時近くになっちゃうわ。そんな時間に行ったりしたら、向こうも迷惑よ。それより、ここで晩ご飯を食べていこうよ」と言ってきかない。

友さんはあたしたちの話を黙って聞いていたが、弓子の言うことに反対はしなかった。それで、晩ご飯をここで食べていくことになったのだが、食事が運ばれてくるのを待つ間に、またも弓子はおかしなことを言い出した。

「実はね、根府川の家には、今日行くとも、明日行くとも、はっきりとは言ってないのよ」

怪訝そうなあたしの視線をすっと外すようにして、

「ここで食事をしてから行くとなると、夜の九時を過ぎちゃうだろうし、どうしようかな」

と、今度は独り言のように言った。

弓子はしばらく何かを考えている様子だった。あたしは固唾をのんで次の言葉を待った。

「ねえ、晶ちゃん、いっそのこと、今日はここに泊まっていかない？　明日の朝、早くにここを出れば、根府川には午前中に着けるし、それからだってたっぷり遊べるわ。ねえ、そうしようよ、晶ちゃん」と弓子が言ったので、あたしは唖然として返事もできなかった。

その時、家で留守番しているミナとキヨのことが、ふと頭をよぎった。

今頃、二人は何をしているだろう？　ミナが畑から戻った時分だ。キヨは夕飯の支度を始めただろうか。ミナが畑で取ってきた野菜を煮たり焼いたりして、キヨが食事の用意をしている姿が目に浮かんだ。

今頃はあたしたちが根府川の家にいる、とミナとキヨは思っているはずだ。その二人を騙すようで、あたしは胸が苦しくなった。

「遅くなってもいいから、ご飯が済んだら、今日中に根府川の家に行こうよ」と言ったが、弓子はあたしの言葉に耳を貸さなかった。

「あんまり遅くに行ったりしたら、向こうに迷惑でしょう？　それより、根府川の家には明日の午前中に行くほうがいいわ。これから、お隣に電話して、そう伝えてもらうわ」と言って、下の階の帳場へ電話を掛けに行った。

電話が引かれていない根府川の家に連絡を取るには、隣の魚屋に連絡を頼むのが常だった。その電話のついでに、今夜はここに泊まることも帳場で頼んでくる、と弓子は言ったが、あたしはまだ不安だった。

友さんは？　あたしたちが今夜ここに泊まるとして、友さんはどうするんだろう？

それまで忘れていた友さんのことが急に気になった。

友さんは、さっきまであたしたちの話を黙って聞いていたが、今は畳に大の字になって、それ以上は伸ばせないというほど身体を伸ばして気持ち良さそうに眠っていた。しかも、よほど疲れたのか、軽い鼾までかいている。友さんからは緊張したよそいき顔がすっかり消えて、いつもの友さんの顔に戻っていた。

その日、友さんは家に帰ったのか、それとも泊まったのか、その記憶があたしにはない。一緒に晩ご飯を食べたところまでは確かに覚えているが、その後の記憶がまるでなかった。昼間の疲れで食事中に居眠りが始まったあたしは、隣の部屋に早々と布団を敷いてもらい、ぐっすりと寝てしまったらしい。

翌朝、目覚めた時は、窓に掛かった木綿のカーテンを通して外から薄明かりが漏れていた。周囲の物音はまるで聞こえてこない。まるで深海の底にでもいるような気分だった。

あたしは最初のうち自分がどこにいるのか分からなかった。やがてぼんやりとした頭に少しずつ意識が蘇り、隣の布団に弓子の姿を認めて、ようやく自分がどこにいるのか思い出した。そこが上野の森にある料理旅館の一室であることを。

弓子は、まだぐっすりとよく眠っていた。穏やかで満ち足りた表情をしている。時折口元がほころぶのは、何か楽しい夢でも見ているのだろうか。起こして夢から覚ますことははばかられた。

仕方がないので、あたしは布団に入ったまんま、目を動かして部屋中の点検をする。ライオンの頭のようにも人の顔のようにも見える天井の黒いシミ、申し訳程度に付いている狭い床の間、その上に置かれた花瓶などの置物、判読できない文字で書かれた掛け軸、部屋中を点検し終わった目が、最後に枕元に置かれた丸盆に止まった。

艶々と光沢のある朱塗りの丸盆である。その上に、半分ほど水の入ったガラスの水差しと、これもまた半分飲み残した水の入ったコップが置かれていた。コップの縁には薄紅色の口紅の跡が付いていた。見てはならないものを見てしまったような気がして、あたしは慌ててそこから目をそらした。

友さんはどうしたんだろう？

突然、友さんのことを思い出した。昨夜の食事の間までは確かにいた友さんの姿が、今朝は消えていた。

友さんはどこへ行ったんだろう？

布団から跳ね起きて探したが、友さんはいなかった。襖を隔てた隣室にも御不浄にも、どこにも友さんはいなかった。

友さんはいつ帰ったんだろう？

友さんの分の布団が敷いてないところをみると、友さんがあれから帰ったことは間違いない。たぶん、あたしがぐっすりと寝入ってしまった後で、夜遅くに。そうに違いないと思うそばから、あたしはわけの分からない不安に駆られて、胸の奥がざわざわと波立った。

三

「晶ちゃん、東京に泊まったこと、おばあちゃんたちには内緒ね」

東京からの帰りに根府川に向かう電車の中で弓子がそう切り出した時、あたしは黙ってうなずいた。

あたし自身、そうしたほうがいい、と思っていた。だから、弓子になぜとも聞き返さなかった。二人ともしばらく黙ったまま窓の外の景色を眺めていた。東京から離れるにつれ空の青さが増していく。悲しくなるほど青い空だった。

小田原駅を過ぎると、根府川まではすぐだ。やがて海が近くに見えてくる。真っ青な海、空の青さを映した青い海が、水平線の彼方まで広がっていた。

根府川の駅に近づいた頃、沈黙を破って弓子が言った。

「晶ちゃん、東京へは行ったけど、昨日は根府川の叔母さんの家に泊まったことにするのよ」

弓子の頭の中には、家に帰ってからミナとキヨにする話の筋書きがすでに出来上がっているようだった。

昨日は、二宮駅でふと思いついて東京へ行くことになった。晶子の希望で上野動物園に行ったが、その日のうちに根府川の家に行って泊まったというような筋書き。もちろん、その中に友さんは登場しなかった。

根府川の家で半日遊んで家に帰ると、弓子はその筋書きどおりの話を年寄りたちに話して聞かせた。

その話に、ミナもキヨもなんの疑いも抱く様子は見られなかった。

「上野動物園はどうだった？　どんな動物がいた？　珍しい動物はいたか？」と動物好きのミナは上野動物園の話を聞きたがったし、

「根府川の家の皆さんはお変わりない？　皆さん、お元気だった？」とキヨは根府川の家の様子を聞きたがった。

その日の夕食に、根府川の家からおみやげにもらってきた名物のアジの干物が焼いて出されると、

「これはうまいなあ」と二人とも歯のない口をもぐもぐ動かして喜んだ。

あたしは、二人に嘘をついたことを内心後ろめたく思いながらも、ひとまずほっとした。唯一の気掛かりは、根府川の家から誰かがふいにやって来て嘘がばれることだったが、そんなことはまずないだろうと、不安を打ち消した。

その時から、あたしはまた新たな秘密を抱えることになった。これで、秘密が二つになった。

一つは、夏休みの最初の日に母と平塚の父の家に行った時、そこで若い女の人に会ったこと。もう一つは、夏休みの終わりに母と友さんと一緒に東京へ行って、そこで一晩泊まったこと。

この二つの秘密にはなんの繋がりもなかったが、実は深いところで繋がっていた。それを知ったのは、ずっと後になってから。あたしの運命が、八歳の夏休みの後で大きく変わろうとしていた。

第二部　秋の隣に

第一章　噂

一

秋のお彼岸を過ぎると、記録的なその年の猛暑もようやく影を潜めた。爽やかな秋風が稲の穂を優しく揺らす季節が訪れていた。

その頃からだ、母の帰りが遅くなる日が頻繁に続くようになったのは。あたしと二人の年寄りは九時には床に就く習慣だったが、その時刻になっても弓子は帰ってこないことが多かった。

「つい先頃、事務員が一人辞めてね、まだ代わりの人が来ないもんだから、仕事のほうの手が足らなくて」と弓子はしきりに言い訳をした。

そのうち、あたしたちが寝る時分になっても帰らないことが当たり前のようになった。

あたしが朝起きてみると、弓子の分の夕食が布巾を掛けられてそのままになっていることもある。そんな日は、きっとどこかで夕食を済ませてきたのだろうし、帰りの時刻もよほど遅かったものと思われた。

その頃からだ、弓子が友さんと親しく付き合っているという噂がささやかれ始めたのは。小さな集落のことである。噂が噂を呼んで、二人のことは瞬く間に集落中に広まった。

そのことを真っ先に教えてくれたのは、例によって「下の家」の小母さんだった。

「まさかとは思うんだけどねえ、一応耳に入れておいたほうがいいと思って」と茶飲み話のついでにキヨに話しているのをあたしは偶然聞いてしまった。

「弓子さん、付き合っている人がいるんだって？」

「そんなこと、嘘に決まってるでしょう。世間の人は他人の家のこととなると、おもしろおかしく言い立てるものなんだから」キヨがきっぱりと噂を否定する。

「このところ、弓子さんの帰りが遅いって、キヨさん、こぼしていたでしょう。だから、私、市場に出入りしている知り合いの八百屋さんに聞いてみたのよ。そしたら、その人、『情報通のおまえさんが何も知らないのか』って、笑って言うのよ。市場じゃあ、弓子さんと友さんとかいう人の噂で持ち切りだって」

「友さんという人なら、まだ会ったことはないけど、知っているわ。若い農家の跡取り息子で、弓子さんをよく家まで車で送ってくれる親切な人のようだけど」

「その人よ、弓子さんが付き合っている人というのは。いやねえ、キヨさん、弓子さんとその人とのこと、とっくに気が付いていたんじゃないの」

「私はなんにも。弓子さんだって、その人のこと、別に隠しているふうでもなかったし」

「それじゃあ、仕事に追われて帰りが遅いっていう弓子さんの言い訳、キヨさんは信じてるの？」

「そうねえ、弓子さんがそう言うんだから、そうなんじゃないの？」

「キヨさんたら、本当にお人好しねえ。だから、いつもいいように人に丸め込まれるのよ。弓子さんのこと、このまま放っておいていいの？　早く手を打たないと、何かとんでもないことが起きるような気がするけど」

「手を打つって言ってもねえ。何をどうすればいいのか、分からない」

「それもそうよねえ」

キヨと「下の家」の小母さんの話の最後は溜め息で締めくくられた。

その話を聞いてから、あたしは気持ちがそわそわと落ち着かなくなり、遊びにも勉強にもすっかり身が入らなくなった。

学校が終わると真っすぐに家に帰り、宿題を済ませてから夕方真っ暗になるまで集落の子供たちと遊ぶ。そうしたあたしの生活習慣が次第に崩れ始めた。代わりに、学校を出ると、足はひとまず青果市場へと向かい、まずは弓子が事務所で働いているのを見届ける。それから、市場近くの商店街や学校近くに住む仲の良い同級生の家で遊んで時間をつぶし、夕方になると再び市場へ行って弓子の帰りを待つ。そんな新しい生活習慣ができつつあった。

あの頃、あたしは見張り番を務めている気でいたのだろうか。弓子の見張り番である。母が友さんと親しく付き合っていることを確かめてみたかったからではない。そんなことは前からもうとっくに分かっていたし、別にそのことを嫌だと思っていたわけでもない。ただ、噂の真相を自分の目で確かめてみたいという気持ちはあった。時が経つにつれて、噂は鎮まるどころか尾鰭が付いて、「二人は毎晩どこかで逢引きしている」などと言い触らす者まで出てきたからである。

噂がでたらめであることはよく分かっていたので、気にしなければいいようなものだが、そうもいかなかった。「下の家」の小母さんではないが、このまま放っておくと、何かとんでもないことが起きるような気がしてならなかった。

小母さんが言う「何かとんでもないこと」とはどんなことか、あたしには見当もつかなかったが、とにかくそんなことが起きては困る。その前になんとかしなくてはと思うのだが、キヨが言ったように、手を打つと言っても、何をどうすればいいのか、分からなかった。母を見張っていることくらいしかあたしには思い浮かばなかったのである。

弓子が毎日遅くなる理由にまんざら嘘はなさそうだった。事務員が一人抜けた事務所は以前にも増して忙しそうで、夕闇が訪れた頃に覗きに行くと、母は大抵机に向かってまだ忙しそうに働いていた。

あたしの姿を認めると、弓子はすでに灯が点った事務所から出てきて説教した。

「困ったものねえ、晶ちゃんにも。家に真っすぐ帰らないで、こんな遅くまで外で遊んでいたら、おばあちゃんたちが心配するでしょう」

こうした説教をさらりと聞き流すと、あたしは縋るように母の目を見て言った。

「お母ちゃん、今日も遅いの？　一緒に帰れないの？」

だが、弓子の返事は大抵素っ気ない。

「ごめんね、晶ちゃん、まだ仕事がだいぶ残ってるのよ。だから、あんまり暗くならないうちに、先に帰って」と言って追い帰されるのが常だった。

　そんな時、自分が帰った後で今夜もまた弓子は友さんと一緒に帰るのだろうか、と疑う気持ちが湧いた。

　毎晩のように弓子と友さんは青果市場で落ち合っている、という噂がまことしやかに流れていた。その噂が本当だとしても驚かないが、弓子が自分を追い立てるようにして先に帰そうとするのは気に入らなかった。一人だけ仲間外れにされたようで、寂しかった。

　そういえば、夏休みの終わりに東京へ一緒に遊びに行ってから、友さんには一度も会っていなかった。弓子との噂が広まってからは、あたしは友さんに会うのが怖いような気がしていた。噂の人物としての友さんは、自分のまるで知らない人のようにも思えたし、もし本当に友さんが以前と違っていたらどうしよう、と会うのを躊躇する気持ちがあった。

　友さんは、東京へ一緒に行った時の友さんのままでいてほしい、とあたしは思っていた。あの時の友さんは、いつにも増して好ましかった。もしも友さんが自分の父親だったら、と思わず考えてしまうほど好ましかった。だから、あたしは心から友さんに気を許して、父親のように甘えもした。

　その友さんが、すっかり変わってしまったのだろうか。友さんはもう以前の友さんではなくなって、噂どおり母を自分から奪った悪いやつになってしまったのだろうか。そうなら、あたしは友さんが許せない。

二

ところが、友さんは少しも変わっていなかった。弓子をいつもより少し遅くまで待っていたある日、あたしが市場で会った友さんは、以前の友さんのままだった。

その日のことはよく覚えている。あたしは学校帰りに同級生のテッちゃんの家に寄った。医者の息子であるテッちゃんが誕生日祝いに買ってもらったという望遠鏡を見せてもらうためだった。

ピカピカと黒光りして輝く望遠鏡は、手に持つとずしりと重かった。家では到底買ってもらえそうもない、子供のおもちゃにしては高価なその望遠鏡にあたしはすっかり魅せられた。早速望遠鏡を借りて、高台にあるテッちゃんの家から町を展望した。

穏やかにきらきらと光の粒子が乱れ舞う相模湾、海岸線に沿ってびっしりと植えられた砂防用の松林、国道一号線の両脇に隙間なく立ち並んだ民家、それらがあたしのすぐ手の届く位置に見えた。

やがて、望遠鏡が湘南電車を捕らえた。二宮駅を発車したばかりの緑とオレンジに塗り分けられた電車が、ゆっくりとした速度で東京方面に向かって走り始めるところだった。電車は弓子と友さんと一緒に東京へ行った時の甘酸っぱいような思い出がふと蘇った。電車は少しずつスピードを上げたかと思うと、たちまちハーモニカ大の大きさになり、あたしの視野から消えていった。

望遠鏡を線路からずらすと、青果市場の屋根が見えた。すでに大きく西に傾いた太陽が、トタン屋根の一部を赤く染めている。弓子を迎えに行く時間だ、ということに気付いて、あたしは慌てて望遠鏡をテッちゃんに返すと青果市場へ急いだ。

事務所では、まだ弓子が忙しそうに働いていた。ひとまず安心したあたしは、今日こそどんなに帰りが遅くなっても母を待っていようと決心した。

夕焼けがいっときその濃さを急に増したかと思うと、たちまち辺りは暗闇に閉ざされた。事務所の灯りが漏れる部分を除いて、市場の中は真っ暗闇で、片隅に積まれたりんご箱に腰掛けていたあたしは、さすがに気味が悪くなって立ち上がった。と、その時である。友さんとおぼしき人が、暗がりの中から突然にゅっと姿を現した。

「友さん？」とあたしはこわごわ声を掛けた。

「おう、びっくりした。なんだ、晶ちゃんか。どうした、今時分こんなところで」

友さんは暗闇を透かしてあたしの姿を認めると、そばに近づいてきた。

「お母ちゃんを待ってるのか？」と尋ねるので、あたしは仕方がなく「そう」と答える。

友さんは事務所の中を覗き込んでから、

「お母ちゃん、まだ仕事終わらないみたいだな。晶ちゃん、先に家に帰らなくていいのか？　暗くなると、おばあちゃんたちが心配するぞ」と弓子と同じようなことを言った。

「いいの。今日は遅くなってもお母ちゃんと一緒に帰るって、うちには言ってきたから。おばあちゃんたち、先に晩ご飯食べてるよ、きっと」あたしはとっさに嘘をついた。

「そうか。じゃあ、俺も一緒にお母ちゃんの仕事が終わるのを待って、家まで送ってくよ」

友さんはそう言うと、さっきまであたしが座っていたりんご箱にどかっと腰を下ろした。自分の横に座れ、と友さんが手招きするので、あたしも仕方なくもういっぺんりんご箱に腰を下ろした。そのまましばらく二人とも口をきかずに座っていた。

不思議にあたしは穏やかな気分だった。世間の噂が本当なら、この人は母を自分から奪った憎むべき人ということになるが、まるでそんな気持ちは湧いてこない。それどころか、友さんと一緒にいると、嵐の時の防波堤のように安全に自分が守られているような気がする。

「晶ちゃん、腹減ったろう。お母ちゃんの仕事が終わったら、ラーメンでも食ってくか」

ふいに友さんが言った。さっきから空腹でくうくう鳴っているあたしのお腹の音を聞きつけたに違いなかった。

「ううん、いいの。遅くなっても家でご飯食べるからって、おばあちゃんたちには言ってきたから」あたしは再び嘘をついた。

「そうか。そうだな、ラーメンはまたこの次にするか」と友さんはあっさりと諦めた。

またしばらく沈黙が続いた。

「晶ちゃん、俺……」

友さんがぽつりと言った。あたしは緊張して次の言葉を待ったが、友さんの言葉はそれより先へ一歩も進まなかった。

友さんは必死に言葉を探しているようだった。しかし、もともとが口数の多いほうではない友さんには、うまい言葉が見付からなかったらしい。ついに諦めてしまったのか、弓子が事務所を出て来るまで、それから友さんは一言もしゃべらなかった。

友さんが何を言いたかったのか、結局あたしには分からずじまいだった。だが、友さんは弓子が好きで、そのことで悩んでもいるという気持ちだけはよく伝わった。世間の噂がどうであれ、やはり友さんは不器用だが誠実な友さんのままだった。

ようやく仕事を終えた弓子が事務所から出てきた。母は、あたしがまだ家には帰らず、しかも友さんと一緒にいることに驚いたようだった。

「晶ちゃん、まだいたの？　しょうがない子ねえ」とは言ったが、あたしを叱らなかった。

「さあ、家に帰ろう、おばあちゃんたちが心配して待ってるよ」と言っただけだった。

暗い市場を出ると、外は意外に明るくて、雲一つない空はまだ薄い水色を残していた。東の空から月が昇り、一番星がまたたいていた。気持ちのいい晩だった。

あたしを真ん中に友さんのオート三輪に乗った。以前乗せてもらっていた時の形と同じだった。その時と何も変わっていないような気がした。だが、何かが変わっていた。誰も話そうとしなかったし、車のライトが照らし出す前方の狭い空間だけを見つめていた。暗闇に潜む敵から身を守ろうとでもするように、三人は身体をぴったりと寄り添わせて座っていた。

家の門前にオート三輪が着いた。あたしは車から降りるとすぐに前庭から家屋へと続く敷石の道を歩き始めた。途中まできて後ろを振り返ると、続いて歩いてくるはずの弓子の姿が見えない。友さんのオート三輪も停まったままのようだし、訝しく思って門前の道に引き返した。

その時、暗闇を透かして見たもの、それは、まるで幻燈写真のように美しくはかなげな光景だった。弓子と友さんが一つのシルエットとなって、朧な月光の下で抱き合っていた。その光景は、まるで映画のワンシーンのようだった。

あたしは二人から目をそらすことができなかった。いやらしいとか、不快に思う気持ちはまるで湧かなかった。二人の姿はあまりに自然で、他人の干渉など一切受け付けないような厳かさに満ちていた。

やがて、一つのシルエットが二つに分かれた後で、オート三輪が走り去る音が聞こえた。はっと我に返ったあたしは、弓子に気付かれないように静かに敷石の道を歩いて玄関に走り込んだ。

その翌日から、あたしは学校の帰りに市場へ寄ることをぷつりとやめてしまった。噂のことも、まるでといえば嘘になるが、ほとんど気にならなくなった。真相を自分の目で確かめた後は、かえって気持ちが掻き乱されることもなくなった。学校から真っすぐ家に帰り、宿題を済ませた後で、夕方まで集落の子供たちと遊び惚ける、そんな以前の生活にまた戻っていった。

ミナとキヨは、これでもう問題があらかた解決したとでもいうように、安心した様子を見せた。二人にとっては、弓子のことよりあたしのことのほうがより心配の種だったと思う。そうでなくても複雑な家庭環境がますます複雑になって、それが少女期に入ったあたしに悪い影響を及ぼすことを一番恐れていたようだから。二人は、あたしが以前と同じ生活を取り戻したことで、ようやく安堵したのか、それからは「下の家」の小母さんが持ち込んでくる噂話の類には一切耳を貸さなくなった。

三

九月末の日曜日に、小学校の運動会があった。秋晴れの一日で、大勢の親が子供たちの活躍を見に来た。もちろんその中には弓子もいて、お昼にあたしの大好きないなり寿司や卵焼きをたくさん作って応援に来てくれた。

運動会が終わった次の日は、代休で学校は休みだった。その日、前日の疲れが残っていたあたしは、弓子が仕事に出掛けたことにも気付かずに九時過ぎまで納戸部屋で寝ていた。ミナは畑仕事に出た後だった。キヨが「晶子ちゃん、朝ご飯食べないの？」と呼びに来なかったら、昼まで寝ているところだった。あたしは慌てて布団から起き上がると、土間に下りて、風呂場へ顔を洗いに行った。古い家なので、風呂場は土間の横手に後付けされた小屋の中にある。

顔を洗ってから、茶の間に布巾を掛けて用意されていた朝ご飯を食べ始めた時だった。玄関に人の声がして、引き戸を勢いよく開けて家の中に入ってきたのは伯母の頼子だった。

「おっかさん、いるんでしょ？」と奥に向かって声を掛けると、上がり框に腰を下ろした。座敷越しに覗いてみると、頼子は洗い晒しの綿のブラウスに絣のもんぺ姿で、これから野良仕事に行く人の格好だった。

「どうしたの、突然。しかもこんな早い時間に」と土間の突き当たりにある台所で洗い物をしていたキヨが訝しげに言って、割烹着の裾で濡れた手を拭きながら玄関に向かうのが見えた。

「どうしたもないでしょう。この家で大変なことが起こっているというのに、私には何も知らせてくれないんだから」

いきなり話の核心に触れたように頼子が言った。あたしはなんだか嫌な予感がした。

「まあそんなところで話もなんだから、とにかくお上がり」とキヨがしきりに勧めるが、

「ここでいいわ。こんな格好だし」と頼子は上がり框から腰を上げようともしない。

やれやれ、と仕方なさそうに、キヨも座敷の上がり口に座った。

「畑に行くところだったの？」とキヨが頼子をそっと窺うようにして言う。

「まあね。舅と姑には、畑に行くと行って出てきたの。そうとでも言わないと、あれこれうるさいからね。この家に寄るというのは内緒」

「おまえ、そんな格好でバスに乗ってきたの？」

「まさか。自転車よ。ちょっときつかったけど、自転車で来れない距離じゃないしね」

「まあ、それはご苦労さん。今、熱いお茶をいれるから、とにかくお上がりよ」

頼子の突っ張っていた気持ちに少し緩みが出たところを見計らって、キヨが言う。

「そうゆっくりもしてられないのよ。畑にだって、実際これから行かなきゃなんないし」

頼子はそう言いながらも、キヨの勧めにそれ以上は逆らわなかった。地下足袋を脱いで

上がり框に立つと、ウーンと大きく伸びをした。

「ああ、いい気持ち。地下足袋を脱ぐとせいせいするわ。ところで、小さいおばあさんが見えないけど、もう畑？」

「とっくに。畑に行ってから、かれこれ二時間近くになるかねえ。そろそろお茶に帰ってくる頃だよ」

「かなわないわねえ、小さいおばあさんには。今、九十二歳だっけ？　その齢であれだけの働きができるんだから」

やれやれといった調子で頼子は言った。

結局はお茶を相伴することになったようで、頼子は茶の間へ向かうキヨの後からついてきた。その足が敷居の前でぴたりと止まったのは、誰もいるはずがないと思っていた部屋に人影を見たからだろう。

「誰？　晶ちゃん、あんたなの？」

驚いたような表情を見せて頼子は言い、じっと目を凝らしてあたしのほうを見た。

北向きで、昼間でも電灯をつけないと薄暗い茶の間の様子がよく見えなかったのだろう、人の気配を感じて頼子が驚いたのも無理はなかった。

「あんた、学校は？　今日は学校じゃなかったの？」

そう聞かれても、あたしの口の中は食べ物でいっぱいで、質問にすぐには答えられない。

「今日は月曜日でしょう？　それなのに、学校お休み？　それとも、あんた、どこか具合でも悪いの？」

頼子の矢継ぎ早の質問に、あたしはますますもって答えられない。

「昨日は運動会だったからね、今日はその代休なのよ。晶ちゃん、よほど疲れたらしくて、今朝は遅くまで寝ていてね、さっきようやく起きたところ」

見かねたキヨが、あたしに代わって答えた。ついでに、ひとくさり孫自慢をする。

「すごいんだよ、晶ちゃん。駆けっこでは一等賞だったし、学級対抗のリレーの選手にも選ばれたんだから」

「それはすごいわ。晶ちゃん、よっぽど足が速いんだ」

「そういえば頼子、あんたも小学生の頃は駆けっこが速かったねえ」

ひとしきり、二人は昔話に花を咲かせた。それを聞きながら、あたしは頼子と同じ血で結ばれていることに改めて気付かされた。キヨの血は頼子に流れ、あたしにも流れている。それに間違いはないとしても、どこか不思議な気がした。

顔かたちもそうだが、性格的にもあたしは頼子とほとんど共通点がないと思っていた。キヨに似て顔立ちの整った頼子は、美しいが、冷ややかな感じがする。だから、今までに甘えたことは一度もなかった。これからだって、ずっとないだろう。

そんなことをぼんやり考えていると、耳元で突然キヨの声がした。

「晶ちゃん、ご飯は済んだの？」

はっとして茶碗を見ると、中は空だった。ご飯はとっくに食べ終えていたのに、さっきから空の茶碗を箸でつついていたらしい。あたしは慌てて箸を置いた。

「お茶をいれてあげるから、それを飲んだら外へ遊びにいっておいでよ」とキヨは言ったが、家から追い出されるようであたしは不満だった。この家で大変なことが起こっているという頼子の話をあたしも聞きたかった。それはきっと弓子と友さんに関することに違いないと思った。

キヨがいれてくれたお茶をあたしはできるだけ時間をかけてゆっくりとすすった。そうすれば、ここにいることが許されるとでもいうように。傍らでお茶をすすりながら上目遣いにあたしを見る頼子のまなじりが次第に吊り上がってくる。

キヨだけが一人のんびりと朝の一服を楽しんでいた。お茶ではなく、刻み煙草である。

煙草はキヨの唯一の道楽だった。家で煙草の栽培をしていた頃からの習慣だろうか、身体に良くないからやめるように医者から注意されても、この習慣だけはやめられないようで、今も目を細めて煙を深々と口から吸い込んでは鼻で吐いていた。

「今日は、大事な話があって来たのよ」とうとう痺れを切らして頼子が言った。

「まあ、お待ちよ。子供に聞かせられる話でもないんだろう？　晶ちゃん、あんた、外で遊んでおいで」

どうしてもキヨはあたしをこの場から外したいらしい。キヨにしては珍しくきつい調子で言った。

「いいのよ、おっかさん。晶ちゃん、あんた、なんならここで聞いていてもいいわ」

思いがけない頼子の言葉にあたしは驚いた。キヨもそのようで、頼子とあたしを交互に不安そうに見た。

「話というのはね、実は弓子さんのことなんだけど、晶ちゃんにも関係のある話だし」

意を決したように頼子は話し始めた。

「およしよ、そんな話、子供の前で」とキヨが止めに入るが、頼子は聞かない。

「いいのよ。晶ちゃんだって、きっと誰かから聞いて、もうとっくに知ってるでしょう。

それどころか、晶ちゃんのほうが私たちよりもっと詳しいことを知っているかもしれない」

「何を言い出すものやら。晶ちゃんのほうが詳しく知ってる、って、一体どういうことよ」

　キヨがおろおろして尋ねるが、頼子はそれには耳を貸さず、あたしを真正面に見据えると、いきなり鋭い刃で切りつけるように言った。

「晶ちゃん、夏休みに東京へ遊びに行ったんだってね。誰と？」

喉の奥がからからに乾いて一滴の唾も出ない。あたしは惚けたように頼子を見つめた。

「何、馬鹿なことを！　弓子さんに決まってるでしょ」キヨが慌てて止めようとするが、頼子は一歩も後へは引かなかった。

「いいから、おっかさんは黙っていて。ねえ晶ちゃん、誰と？」と追及の手を緩めない。

あたしは頼子を正視できず、下を向いて唇を噛んだ。

「弓子さんもひどい人ねえ。こんな小さな子まで丸め込んで」と頼子が憎々しげに言った。

「おまえ、何を言ってるの？」キヨが慌てて止めようとしたが遅かった。頼子は憑かれたように怖い顔で話し始めた。

「昨日、うちの人が玉葱苗を買い付けに行った先でね、とんでもない話を聞いてきたの。その農家のご主人、うちの人とは旧いなじみでね、二宮の青果市場に野菜を出荷しているから、弓子さんのこともよく知っているんだけど、その人が世間話のついでに、『あんたの奥さんの実家も今大変だな』って言ったんだって」

その先は聞かなくても分かる。聞きたくもないが、頼子を黙らせることはできなかった。

「うちの人、最初はなんのことを言っているのか分からなくて、ぽかんとしてただ相手の顔を見つめていたそうよ。そしたら、その人があきれた顔で言ったんだって。『それじゃあ、あんた、なんにも知らないの』って」

そこまで話すと、頼子は顔をしかめた。夫がその人から聞いた噂の内容は思い出すのもおぞましいというように何度か首を振った。一呼吸置いてから、

「ねえ、弓子さんが若い男と付き合ってるって噂は本当なの？」と一気に言った。

「私は、なんにも…」とキヨが口ごもる。

「私の前で何も隠すことはないわ。その人、青果市場に出入りしてる人なんでしょう？『友さん』とかいうその人、農家の跡取り息子で、まだ独り者だそうね。うちの人に話をしてくれた農家のご主人とは同じ集落内に住んでて、小さい頃からよく知っているそうよ。

『あそこじゃあ、息子が悪い女に引っ掛かって困ってる』ってのが、近所ではもっぱらの噂なんだって」

「おまえ、もうおよしよ。さっきから晶ちゃんがどんな気持ちで聞いてると思ってるの」

キヨはあたしの気持ちを慮って言うが、それがかえって仇となった。

「ところがね、その晶ちゃんがまた問題なのよ」と頼子は話の矛先をあたしに向けた。

「さっきから、思わせ振りなことばっかり言って。一体、晶ちゃんがなんだと言うの」

「晶ちゃん、この前、東京へ行ったでしょ？　その時は、その人も一緒だったんでしょ？」

あたしは返事ができなかった。下を向いて黙ったままのあたしに、さらに覆いかぶせるように頼子が言った。

「それで、その日は三人で東京に泊まったの？」

「何、馬鹿なこと言ってるの。東京へは確かに行ったけど、泊まってなんかいないよねえ。泊まったのは、根府川の叔母さんち。そうだよねえ、晶ちゃん」

キヨの縋るような目を真正面から受け止め切れずに、あたしの頭はますますうなだれた。

「だから、おっかさんは甘いのよ。弓子さんにまんまと騙されて。晶ちゃんだって、言ってみれば、弓子さんと共犯なんだから」

頼子に睨まれても、あたしは下を向いたまま唇を噛み締めるしかなかった。

「二人が東京へ行ったという日にね、たまたまそこのご主人も東京に行く用事があって、電車の中で偶然その人を見掛けたんだって。『友さん』って、思わず声を掛けようとして、すんでのところで思い止まったそうよ。その人の隣には弓子さんがいて、仲睦まじく話していたんだって。そこには晶ちゃんもいて、三人はまるで親子のようだったって。とても他人が割り込める雰囲気ではなかったみたいよ」

言うべきことは全て言ったというように話をやめると、頼子はまずそうに冷めたお茶をすすった。

あたしはすっかり打ちのめされていた。キヨの前で自分が「嘘つき」であることが暴露されてしまい、恥ずかしくて、キヨの顔がまともに見られなかった。

そんな「嘘つき」の自分が今さら何を言っても信じてはもらえないだろうが、一つだけ弁解しておきたいことがあった。東京には確かに三人で行ったが、泊まったのは弓子と二人だけだったと。

友さんは、あの日の遅くに帰って、翌朝あたしが目覚めた時にはもういなかった。そう言おうとしたが、糊で塞がれたように口が開かなかった。それが事実だと知っていても、頼子とキヨの前で申し開きできる自信があたしにはなかった。それに、心の奥深いところでは、それは本当に事実だったのかと疑う声も聞こえてくる。

突然、頭に朱塗りの丸盆が浮かんだ。あの日、三人で東京に遊びに行って、上野の料理旅館に泊まった翌朝に見たお盆。その上には半分ほど水の入った水差しと、半分ほど水が入ったコップが載っていた。コップの縁には薄紅色の口紅の跡が付いていた……。

その丸盆がぐるぐるとあたしの頭の中で回り始めた。水差しとコップの中の水が小さなさざ波を立てて押し寄せてくる。あたしは一瞬めまいに襲われた。

「どうしたの？　晶ちゃん」

異変に気付いたキヨが掛ける言葉が遠くに聞こえた。

目を固くつぶったら、めまいはすぐに収まった。あたしは茶の間を出てズックを履くと台所口から外に飛び出した。

どこへ行こうという当てもなく、裏庭から平台と呼ばれるてっぺんが平らな杉山に続く道を歩いていた。道の両側には山裾まで段々畑や田んぼが広がって、野良仕事をしている人の姿があちこちで見えた。

畦道でススキの穂が銀色の波のように揺れていた。それを眺めながら道をふらふら歩いていると、突然声が掛かった。

「よお、晶ちゃん、昨日の運動会では大活躍だったな」

振り向けば、声の主は田んぼで刈り入れの済んだ稲を束ねていた「中の家」の小父さんだった。隣の家の小父さんで、三軒並んでいる家の真ん中にあるので「中の家」の小父さんと呼んでいる。気さくな小父さんとは会えばよく話をするが、今日ばかりはそんな気になれなかった。

そのまま行き過ぎようとすると、今度は別の声が掛かった。

「晶ちゃんは暇でいいなあ。少しは手伝えよ」

そう命令口調で言ったのは、田んぼで落ち穂拾いをしていた小父さんの息子のマーちゃん。あたしより歳が二つしか上でないのに、集落の餓鬼大将で、いつも威張っている。

辺りを見渡してみると、集落中が子供まで駆り出して家族総動員で野良仕事の真っ最中だった。ほとんどの田んぼはもう刈り入れが済んで、すっかり見通しがよくなった田畑のいたるところで人影が動いていた。

マーちゃんに声を掛けられて、あたしはきれいに稲の切り株が並んだ田んぼに降りた。腰を屈めて切り株に打ち重なるようにして落ちている稲の穂を拾った。ずっしりと実の詰まった稲の穂がたちまち両手いっぱいに溜まった。

あたしは夢中になって落ち穂拾いをした。何も考えないで汗を流して働くことがこんなに気持ちのいいものだとは思わなかった。マーちゃんと競い合うようにして落ち穂を拾い、もはや何も拾うものがないと気付いた時はがっかりした。もっともっと働いていたい、とそんな気持ちだった。

仕事を終えたマーちゃんが家に帰ると言うので、仕方がなくあたしも一緒に帰ることにした。家に着いてから、恐る恐る中の様子を窺うが、人声はまったくしなかった。家中がシンと静まり返っていた。どうやら頼子は帰ったらしい。それが分かったとたん、身体からふっと力が抜けた。

あたしは頼子伯母が苦手だった。普段でもそうだが、ましてその日はことさらだった。潔癖で妥協を許さない頼子に責められて、あたしは自分が大嘘つきになったような気がした。頼子とは、できればもう二度と顔を合わせたくなかった。

頼子がまだ帰っていないという万が一の場合を考えて、音を立てないようにそろそろと玄関の戸を開けた時だった。

「よかった。晶ちゃん、帰ってきて」と背後でキヨの声がした。

あたしは一瞬心臓が止まりそうになった。家の横手から現れたキヨに続いて頼子も姿を現すのではないかと思わず緊張した。だが、そんなこともなかった。畑に行くついでに寄ったと言っていたから、今頃は畑で汗を流して働いている頃だろう。頼子がミナに負けず劣らず働き者だということは間違いなかった。

「晶ちゃん、急に飛び出していってしまったから、おばあちゃん、心配であちこち探し回ったんだよ。一体、どこへ行ってたの？」キヨが手ぬぐいで額の汗を拭きながら言った。

本当にあちこち探し回ったらしく、キヨは額に汗をびっしりとかいていた。もともと心臓が弱いたちで、今は動悸がするのか、胸の辺りを片手で押さえている。

「平台のほうへ、『中の家』の田んぼに行っていたの。マーちゃんに頼まれて、落ち穂拾いの手伝いをしてた」

あたしはぶっきらぼうに答えて下を向いた。頼子に嘘を暴かれた後では、キヨと顔を合わせているのが辛かった。

「それは、ご苦労さんだったなあ」キヨの背後でミナの声がした。畑から戻ったばかりのミナは、泥のいっぱい付いた草刈り鎌を手にしている。

「どこの家も今は猫の手も借りたいほど畑仕事で忙しい真っ最中だ。まして晶子は猫よりよっぽどましだものなあ。さぞかし重宝がられたことだろうよ」

ミナはそう言うと、落ちていた小枝で鎌に付いた泥をこそげ落とした。

「とにかく、みんな戻ってきてよかった。遅くなったけど、十時のお茶にしましょうかね」

キヨが心から安堵したというように言って、玄関から土間を通って台所へ行こうとした。

その前に、あたしはどうしてもキヨに言いたいことがあった。あたしが抱えている秘密を全部キヨに打ち明けてしまいたかった。

「大きいおばあちゃん、あたし……」

そこまで言うと、喉に物が詰まったように後の言葉が出てこなかった。代わりに、目の辺りがじんじんし始めて、目から涙がほとばしり出た。

「かわいそうに」とキヨが言って、あたしを抱き寄せた。

キヨの胸を借りてあたしは泣きじゃくった。後から後から泉のように湧き出る涙が、骨張ったキヨの着物の胸元を濡らしていった。

「大きいおばあちゃん、あたし、泊まったの。本当は、東京に泊まったの」

ひとしきり泣いた後で、あたしはしゃくりあげながらようやく言った。

「東京に一晩泊まって、次の日の朝に根府川の家へ行ったの」

「でも、友さんは泊まっていない」と続けて言おうとして、キヨの言葉に遮られた。

「いいのよ、晶ちゃん、もうなんにも言わなくていいから。辛かったでしょう、晶ちゃん」

そう言うキヨの声も涙声だった。止まりかけていた涙がまた溢れそうになった。

「二人とも、そんなところに突っ立ってないで、お茶でもどうかね」

縁側でミナの声がした。いつの間にか三人分の湯飲み茶碗を載せたお盆を手にしている。

「どっこいしょ」と掛け声を掛けてミナは縁側に座ると、自分の顔の半分の大きさはある湯飲み茶碗からお茶をすすった。「甘露、甘露」と言って目を細めた。ただでさえ細い目が、さらに細くなった。

戸を開け放った縁側には秋の陽がいっぱいに差し込んでいた。そこは十時のお茶にぴったりの場所だった。キヨは、「お茶受けに漬物でも出しましょうかね」と言って奥に引っ込んだ。

あたしはミナと並んで縁側に腰を掛けた。二人とも黙ってしばらく前庭を眺めていた。

「なあ晶子、人間もああして一つところにしっかり根を張って、どでんと生きてられるといいのにな」

　ミナが突然言った。あたしは驚いてミナの顔を見た。最初は、なんのことを言っているのか、分からなかった。ミナの視線の先を追い、青空に向かって悠々と枝を伸ばした庭の欅の木に目を止めた。ミナは初めて眺めるとでもいうように、欅の大木をしげしげと眺めていた。

四

　頼子伯母が家に来てから一週間が経ったが、何も変わったことは起きなかった。さらに一週間が過ぎたが、それでもなんの変化もなかった。拍子抜けしたが、安心もした。あたしはこれから先もずっと今の生活が続いていくものと信じていた。

　十月も半ばを過ぎた土曜日、弓子が珍しく早い時間に帰宅した。午後の二時頃だったか、昼ご飯の後で、奥座敷でミナと寝ていたあたしがちょうど昼寝から目覚めた頃だった。最近は土曜日でも一日出勤の日が多かったし、何かあったとあたしは直感した。

「おや、今日はずいぶんと早いのね。お昼ご飯は？　私たちはもうとっくに済ませてしまったけれど、何か食べる?」と言うキヨの声が茶の間から聞こえた。

「いいんですよ、お義母さん、あんまりお腹が空いてないから」と断る弓子の声もする。

「じゃあ、お茶だけでも」とキヨが言うのを制して、弓子は着替えのために隣の納戸部屋へ入っていった。それきり出てこないので、キヨが心配して弓子に尋ねる声がする。

「弓子さん、顔色が悪いし、どこか身体の具合でも悪いの?」

「大丈夫ですよ。でも、ちょっと横にならせてもらいますね。なんだか疲れちゃって」と言う弓子の声がか細く聞こえる。心配になって、あたしは納戸部屋へ様子を見に行った。

弓子は鏡台に向かってぼんやりと自分の顔を眺めていた。血の気の失せた顔が北向きの薄暗い部屋の鏡にボーッと映って、放っておけば、そのまま鏡の中に吸い込まれてしまいそうだった。

「お母ちゃん!」とあたしは大きな声で呼んだ。弓子の魂を鏡から引き戻そうとでもいうように大きな声で。

「お母ちゃん……」オウム返しに弓子がつぶやいた。

「お母ちゃん、大丈夫?」とあたしは鏡の中の弓子に向かって尋ねた。

「大丈夫」やはりオウム返しに弓子は答えると、敷いていた座布団を枕代わりに、そのままごろんと横になった。服を着替えるのも大儀な様子だった。

「弓子さん、休むんなら、ちゃんと布団を敷いてから休んだほうがいいよ」

心配で顔を覗かせたキヨが言ったが、目を閉じた弓子から返事はなかった。

「いいから、そのまま、そのまんま」

奥座敷で昼寝をしていたミナがいつの間にか起きてきて、自分が掛けていた昼寝用の掛け布団をそっと弓子の身体に掛けた。その時は身体をエビのように丸めてすでに弓子は眠っていた。時折額の真ん中辺りに皺を寄せ、瞼をぴくぴく引きつらせた。苦しそうな眠りだった。

そんな弓子の寝顔を眺めながら、あたしも一緒に寝てしまったらしい。それもずいぶん長い間。気が付いた時は、納戸部屋の障子が夕日で赤く染まっていた。

隣に寝ているはずの弓子の姿が消えていた。あたしは慌てて飛び起きた。一瞬、弓子がすでに自分の手の届かない遠いところへ行ってしまったような気がした。

「お母ちゃーん！」あたしは家中に聞こえるような大声で叫んだ。

「なあに？　晶ちゃん」思いがけなく近いところから弓子の答える声がした。

弓子は台所にいた。夕飯の支度でもしているのか、盛んに水音を立てている。トントンと野菜を刻む調子のいい包丁の音も聞こえてくる。あたしはとたんにほっとした。

台所隣の茶の間では、キヨが長火鉢の前で煙草を一服つけていた。紙こよりで丹念に掃除した愛用の煙管から、今も深々と吸った煙を気持ち良さそうに鼻から吐き出していた。

台所に弓子が立つのを見るのは久し振りだった。毎晩のように帰りが遅いこの頃では、夕飯を作るのはキヨの役目と決まっていた。なので、違和感がある。それに、弓子の身体のことも心配だった。

「お母ちゃん、大丈夫なの？」あたしはキヨにそっと尋ねた。

「私も心配してるのよ。疲れているようだから、晩ご飯の支度は私がやると言ったのに、弓子さん、どうしても自分でやると言って聞かないのよ」キヨが声をひそめて言った。

「小さいおばあちゃんは？　もうすぐ暗くなるのに、こんな時間にどこへ行ったの？」

ミナがいないことに気付いて尋ねると、

「畑。午前中にやり残した草むしりをどうしても今日中にやってしまいたいからと言って」

とキヨ。嫁にしろ姑にしろ、自分の思いどおりにはいかないと、諦めているようだった。

台所仕事を終えた弓子が、濡れた手を真っ赤にさせて茶の間に現れた。

「さて、これでよしと。あとは小さいおばあさんが帰るのを待って、味噌汁を作るだけ」

いかにも働き者の主婦のように弓子はしゃきしゃきした口調で言った。帰宅した時とはずいぶん様子が違う。それがかえって不安で、あたしは救いを求めるようにキヨを見た。

「無理しないほうがいいわ。身体でも壊したらどうするの」キヨが心配顔で言うと、

「もう大丈夫です。家に帰った時はなんだかひどく疲れたような気がして……。でも、本当にもう大丈夫。少し休んだら、気分もすっきりしましたから」と弓子は明るく応えた。

「それならいいけど……、でも、弓子さん、顔色があまり良くないわ」とキヨはなおも心配顔である。

「このところ仕事が忙しかったから。でも、来週から新しい事務員が来ることになったし、これからは今までみたいに忙しいこともないでしょう」と弓子は無理に微笑んでみせた。

それで、あたしは今まで我慢していた分、母に甘えてみる気になった。

「じゃあ、今度の日曜日に、頼子伯母さんとこのお祭りがあるけど、お母ちゃんも一緒に行かれるよね」

近在でも有名な隣町の祭りが来週に迫っていた。招かれていくのが頼子の家だということは気に入らないが、祭りそのものには惹かれるものがあって、あたしは行きたかった。

「私は遠慮させてもらうわ。晶ちゃん、大きいおばあちゃんと一緒に行っておいでよ」

素っ気ない弓子の返事に、あたしのはしゃぎかけた気持ちが重く沈んだ。

「でも、お母ちゃん、その日は日曜日で仕事も休みだし、行けるでしょう?」とあたしはなおも食い下がる。

「そうだけど……、でも私は……、たまにはお義母さんも外に出掛けたほうがいいと思うし」

歯切れが悪い弓子の言葉に、あたしは思わず泣きたいような気持ちになった。

「そうだよ。晶ちゃん、そうしよう。私もこのところ身体の調子がいいし、あそこのお祭りにもしばらく行ってないから、行ってみたい。たまには人様の前にも出てみなくちゃね」

そばで話を聞いていたキヨがとりなすように言った。

数年前から、身体の具合が悪いという理由でキヨはほとんど外出を絶っていた。外出した後で必ずといっていいほど熱を出した。だから、キヨが「お祭りに行ってみたい」などと言うのは、かなり無理をしているのだ。

そんなことはあたしでさえ分かる。まして弓子に分からないはずはなかった。なのに、弓子がそっぽを向いて何も言わないのがどうしても腑に落ちなかった。

　畑仕事を終えたミナが、裏口に姿を見せた。「あ、おばあさん、お帰りなさい」と弓子は救われたような声を出して、逃げるように台所へ立っていった。

「まあ、おいしそうな大根！」

　台所から弓子のはしゃぐ声が聞こえた。

「早速、今夜のおかずに使わせてもらいますね。ふろふき大根がいいかしら？　それに、大根の味噌汁も作りましょうね」とミナに話し掛ける口調がいつにも増して優しかった。

「晩飯が楽しみだ」と言って、ミナが手足を洗いに風呂場へ向かった後、台所から大根を刻む包丁のリズミカルな音が聞こえてきた。弓子の器用な手でミナが丹精した大根が形良く千六本に刻まれていく。「トントン、トントン」という少しの乱れもないその音だけが、静かな家中に響き渡った。

　その日は久し振りに家族全員が揃って夕食をとった。各人がそれぞれの思いに囚われて口数の少ない食事だったが、気まずい雰囲気というのでもない。長年培ってきた家族だけに通じる居心地の良さがあった。

第二章　告白

一

頼子伯母とは金輪際顔を合わせたくないと思っていた。それなのに、十月末の日曜日、祭りに惹かれてあたしはキヨと一緒に頼子の家に招かれて、行くことになった。

頼子の嫁ぎ先の隣町の秋祭りは盛大だった。昔から有名なその祭りには、近在から多くの人が訪れる。あたしも毎年頼子の家に招かれるのを心待ちにしていた。

ここ数年は弓子と一緒に行っていたが、今年に限ってキヨが行くと言う。別にキヨと一緒が嫌というわけではないが、あたしはなんとはなしに不満だった。

友さんとの噂が隣町まで広まって、弓子が頼子の家に行きたくない気持ちは分かるが、それでも一緒に行きたかった。祭りは久し振りに母に甘えられるいい機会だったから。

それに、病弱なキヨを人混みの中に連れ出すことにためらいがあった。キヨと一緒だと自由に動き回れないので、祭りを存分に楽しめない。頼子の家に行く前から、今年の祭りにはあまり期待が持てないような気がしていた。

それでも祭りの当日が来ると、あたしはキヨを急き立てるようにバスで隣町へ出掛けた。隣町は、あたしたちの住む町から西へ小高い山を一つ越えたところにあった。それだけで両町の気候はずいぶん違っていて、はるかに温暖なその地では、みかん栽培が盛んだった。海に平行して連なる丘全体が、みかんの段々畑である。十月も末になると、見渡す限りのみかん畑がすでにオレンジ色に染まり始めているのが遠目にも分かった。

みかんの収穫は十一月に入ってから、それも本格的な収穫期は十一月の末からである。その前に十分英気を養っておこうとでもいうのか、秋祭りにかける隣町の人々の意気込みは盛んだった。

バスを降りて頼子の家へ向かう間にも、祭りの熱気が伝わってくる。これから繰り広げられるであろうさまざまな催しの前に、あたしはもう祭りの雰囲気に酔ってしまいそうだった。

潮騒の音に混じって、遠くから「わっしょい、わっしょい」という威勢のいい掛け声が聞こえてくる。みかん山のてっぺんにある神社から担ぎ出された御輿が町中を練り歩いている様子が目に浮かぶ。やがて、御輿は大勢の見物人が見守る中、一気に海へと雪崩れ込んで、汗みどろの担ぎ手と共に海水で洗われる。海辺の町ならではの勇壮な光景だった。

国道沿いには、全国から集まった香具師の店が立ち並んでいた。子供向けにおもちゃや菓子を扱う店から掛け軸や正体不明の薬を商う店まで、ありとあらゆる種類の店が出た。それらの店を虱潰しに見て回るのも祭りの大きな楽しみの一つだった。

頼子の家に着いた時は、外の賑やかさに負けないほど家の中も賑やかだった。祭りに招かれた客が二十人はいただろうか、二間をぶち抜いた座敷に溢れんばかりに座っていた。もう食事は始まっていて、皿小鉢の触れ合う音や話し声で、座敷中がわんわんとうなっていた。

客たちが少しずつ詰めて作ってくれた席に、あたしはキヨと身を縮めるようにして座った。勧められるままに、煮しめや刺身などの祭りの料理をつつく。食べながら上目遣いに席を見渡すと、客の大半は老人だった。頼子の舅姑の兄弟姉妹たちである。すでに高齢で耳の遠い老人たちの話し声は、まるで怒鳴り合っているように聞こえた。

祭りのご馳走には少し手を付けただけで、あたしはすぐに退屈してしまった。昔話に花を咲かせている老人たちの声はますます高まり、うねりとなって部屋全体を揺るがすかのよう。キヨは、と見ると、これまた隣り合わせた老婦人と何やら熱心に話し込んでいる。あたしは祭り見物に行きたくてうずうずしていた。なのに、その気持ちをキヨが察してくれないのが恨めしかった。気持ちが高じてイライラし始めた時、廊下から声が掛かった。

「晶ちゃん、ご馳走はもう食べた？　なら、お祭り見物に行かない？」

振り向けば、声の主は芳子だった。

頼子の二番目の娘、芳子はあたしより四つ年上で、六年生であったが、年よりもずっと大人びていた。近頃は母親の実家であるあたしの家に遊びに来ることもなくなっていたが、久し振りで会ったあたしに気さくに声を掛けてくれたのが嬉しかった。

「行く、行く」とあたしは二つ返事で芳子の誘いに飛び付いた。

愛嬌のあるくりっとした目が特徴で、性格も陽気な芳子はどこへ行っても人気者だった。「よっちゃん」、「よっちゃん」とあちこちから声が掛かる。そんな芳子と連れ立って祭り見物をするのは楽しかった。

まずは、各集落の辻ごとに建てられた人形舞台を見て回る。「曽我兄弟の仇討ち」とか、

「金色夜叉」とか、誰でもよく知っている物語の一場面を人形を並べて演出する舞台だ。

それから、国道沿いに並んだ香具師の店を片っ端から冷やかして歩く。時には、そうした店に立ち寄って、おもちゃを選んだり、綿菓子などを買って頬張る。芳子はあたしが求めていた祭りの楽しみを一つ残らずかなえてくれた。

　あちこち歩き回ってすっかりくたびれたあたしは、頼子伯母の家に戻ることにした。雑踏の中でいつの間にか芳子とはぐれてしまったが、一人でも迷うことなく家に着いた。が、すぐに家の中に入る気にはなれなかった。座敷の喧騒は表にいてもよく聞こえたので、その中に戻ることはためらわれた。

　あたしは門柱に身体を預けるように寄り掛かっていた。その前を祭り見物の人がせわしく行き交うのを目でぼんやり追っていると、はぐれてしまった芳子がふいに目の前に現れた。

「はい、これおみやげ」と言って、芳子はべっこう飴の入ったビニール袋を差し出した。

　芳子はあたしにべっこう飴を握らせると、

「じゃあ、私は友達が待ってるから」と言い残して、今度は本当にどこかへ姿を消してしまった。

一人にされてしまったあたしは、仕方なく頼子伯母の家に入った。座敷での饗宴はいつ果てるとも知らず続いていた。キヨを促してそろそろ家に帰りたいと思った。座敷の中にキヨの姿を探したが、キヨはどこにもいなかった。御不浄にでも立ったかと覗いてみるが、そこにもいない。なぜか、キヨに置き去りにされたような気がして、気持ちが泡立った。

「大きいおばあちゃんは、どこ？　どこへ行ったの？」

あたしは血相変えて、お銚子を運んできた頼子にキヨの居所を尋ねた。

「おばあちゃんなら、さっき『前の家』に行ったわ」

頼子は事もなげに答えて、忙しそうに卓の上の空いたお銚子を新しいものと取り替え始めた。

「前の家」とは、ミナの娘、ウメの嫁ぎ先である。キヨには義妹にあたるウメの家は、頼子の家とは国道を隔ててちょうどはす向かいにあった。頼子が今の家に嫁いだのも叔母のウメの世話があったからで、さらに深い縁で結ばれた「前の家」とキヨはよく行き来をしていた。

その家に挨拶に行ったきり、キヨはまだ戻らないという。それでは、こちらから迎えに行こうと、あたしが玄関で靴を履いていた時だった。空のお銚子を台所に運んでいこうとしていた頼子が急にあたしを呼び止めた。

「晶ちゃん、待ちなさい。そんなに慌てて行くもんじゃないわ。おばあちゃんは、さっき行ったばかりだし、いくら挨拶だけといっても、『こんにちは、さようなら』で帰ってくるわけにもいかないでしょう。もう少し時間を置いてから迎えに行ったほうがいいわ」

頼子にそう言われて、あたしは黙るしかなかった。とたんに行き場を失ってしまい、玄関の上がり口にがっくり腰を落とした。しばらくそこでキヨが戻るのを待つしかなかった。

「それより、晶ちゃん、ちょっとこっちへ来てごらん。髪の毛がぐしゃぐしゃじゃないの。リボンだってほどけそうになってるし、私が直してあげるから」突然、頼子が言った。

あたしはぎくりとして思わず頭に手をやった。髪の毛の様子までは分からないが、確かにリボンはほどけかかっている。出掛けにキヨが結んでくれた時はしっかり結べていたのに、あちこち動き回ったせいか、根元が緩んでしまったらしい。秋から伸ばし始めた髪を無理に束ねてもらったことをこの時ばかりは後悔した。

頼子は躊躇するあたしを引き立てるようにして、座敷から離れた小部屋に連れていった。どうやらそこは夫婦の寝室として使われている部屋のようだった。部屋の隅に鏡台が置いてあった。その前にあたしを座らせると、頼子は引き出しからツゲの櫛を取り出して、あたしの髪を丁寧に梳き始めた。

「晶ちゃんの髪は、黒々として、艶のあるいい髪だこと。量もたっぷりしてるし、きっとおっかさんに似たのね」と頼子は手を休めずに言う。

確かにキヨの髪は、その年齢にしては白髪が少なく、量も多い。キヨとは顔こそまるで似ていないが、あたしの髪はキヨ譲りだと聞いて、悪い気はしなかった。

時々鏡を覗き込む頼子の顔を見ていて、この伯母こそキヨによく似ていると改めて思う。顔立ちといい、すらりと上背のある姿格好といい、頼子はキヨの若い頃を彷彿させるような美人だった。

だが、容姿はよく似ていても、二人の性格はまるで正反対で、それが不思議といえば不思議だった。物事に深くこだわらない性格で、おっとりと構えたキヨは人を寛がせるが、何事にもきちんと決まりを付けたがる几帳面な性格の頼子は、なんとはなしに人を窮屈な思いにさせる。

今まであたしはお愛想の言える性分ではない頼子に優しい言葉を掛けてもらったことがほとんどなかった。ましてや、細々とした世話を焼かれたことなど一度もない。それが、こうして髪を梳かしてもらったり、リボンを結んでもらったりするのは、なんとも面映ゆい気分だった。だから、「はい、お終い。これできれいになったわ」と頼子から言われた時には、ようやくこれで居心地の悪さから解放されるとほっとした。

ところが、頼子は鏡の前から立ち去る気配を一向に見せなかった。背後で膝を立てた姿勢のまま、あたしの両肩に手を置いて、ぼんやりとあらぬ方向を見つめている。痺れを切らしたあたしが立ち上がろうとした時だった。肩に置かれた頼子の両手に力が加わって、たちまち元の位置に押し戻された。

驚いて、あたしは反射的に鏡を覗き込んだ。そこには、何かを思い詰めた人のように、怖いほど真剣な頼子の顔があった。

一体何が起こったのか、あたしには見当も付かなかった。だが、これからとんでもなく恐ろしいことが起きる予感で胸が震えた。あたしは一刻も早くその場を離れたいと思った。だが、肩に置かれた頼子の両手にはますます力が籠もって身動きが取れない。

「大きくなったものねえ。あんなに小さかった赤ん坊が、もうこんなに大きくなって」

と意外に静かな声で頼子が言った。

一体、なんのことを言っているのか、さっぱり分からない。あたしは黙って聞き流した。だが、その後に続けて頼子が言ったこと、それは天と地がひっくり返るほど驚くべき内容のものだった。

「晶ちゃん、実はね、私はあんたの本当のお母さんなの。晶ちゃんを産んだのは、この私なの」

あたしは鏡の中の頼子の顔を惚けたように見つめた。息を止めて、次の言葉を待った。

「信じられないでしょうけど、本当のことなのよ。訳あって、あんたはまだ赤ちゃんの時に『釜野』の家にもらわれていったの。あんたが、まだ物心つかないうちに」

頼子は何を馬鹿なことを言っているんだろう、とあたしは思った。が、そう思う半面、頼子は真実を告げているに違いない、と心の奥深くでささやくものがあった。

「このことは絶対に口にしてはならないことだったけど、あんたを見てるとつい不憫で」

そこまで言うと、頼子は絶句した。今まで必死に抑えていた感情が怒濤のように押し寄せて、もはや次に言うべき言葉が見付からない、とでもいうようだった。

頼子の唇はわなわなと震えて、堰を切ったように溢れ出る涙が顔面を濡らしていった。大事なことをついに言ってしまった、と後悔とも安堵ともつかない千々に乱れた心があからさまに顔色に出ていた。

あたしも言葉を失っていた。さっきまで聞こえていた祭りの喧騒がはるか彼方に遠のいて、周囲の色彩までが急速に失われていくようだった。

「晶ちゃん」

ずいぶん遠いところから自分に呼び掛ける声がした。

「晶ちゃん」

もう一度呼ばれて、あたしははっと気付いた。自分がどこにいて、誰と一緒であるかを。皿小鉢の触れ合う音や座敷のざわめきが戻ってきた。同時に、知るべきでなかった真実の重みがあたしを押し潰しそうになった。

「晶ちゃん、大丈夫?」

間近に自分を心配そうに覗き込む頼子の顔があった。あたしは、今度こそ背後の頼子を押し退けて立ち上がった。

「晶ちゃん、私」と口を開きかけた頼子に後の言葉を続ける隙を与えなかった。

「あたしは……、あたしは伯母さんの子供なんかじゃない!」と夢中で叫んでいた。

「あたしの、あたしのお母さんは……」それきり後が続かなかった。

「伯母さんなんか、嫌い!　大嫌い!」

叩き付けるように言うと、あたしは部屋を飛び出した。

「大きいおばあちゃーん、大きいおばあちゃんはどこ？」

　何事が起きたのかと呆気にとられる座敷の客の前で、あたしは狂ったように叫び続けた。涙が次から次に溢れ出て、座敷の中が終いには何も見えなくなった。キヨがそこにいないことが、あたしには無性に腹立たしく悲しかった。

「なんだ？　どうした晶子」

　客の接待をしていた文造伯父が、席を立ってあたしのそばに来た。

「まあ、とにかくこっちへおいで」文造は泣きじゃくるあたしの手を取ると、先ほどの小部屋へ連れていった。

　小部屋では頼子がぺたんと畳に尻を付いた格好で座っていた。魂を抜かれた人のように、虚ろな目で鏡の中の自分と対峙している。

「晶子が」と言いかけて、文造の言葉が止まった。頼子が尋常でないのに気付いた文造は、つい先刻の小部屋で起きたことを瞬間に察知したようだった。

「じゃあ、おまえ、とうとう」と言うと、文造は大きく溜め息をついた。

「まあ、言っちまったものは仕方がないが、それにしてもかわいそうに。晶子はさぞびっくりしたことだろうなあ」

文造はあたしを労る言葉を掛けたつもりであったろうが、取りも直さず、それは頼子の告白の信憑性を裏付けることになった。あたしはますます激しく泣きじゃくった。

どうにも困った、という顔付きで文造はあたしを眺めていた。あたしの泣き声でいくらか正気を取り戻したらしい頼子も、いつの間にか文造と並んであたしを眺めていた。二人並んで、「私たちこそ、おまえの本当の両親だ」と無言の圧力を掛けているような気がした。あたしはたちまち息苦しくなって、小部屋を飛び出した。

玄関で靴を履いて表へ出ようとしたところへキヨが帰ってきた。我が身に降り懸かった災難から身を守る避難場所をようやく探し当てた思いで、あたしは迷わずキヨの胸に飛び込んだ。

玄関口でキヨは文造から事情の説明を受けていた。その間、キヨはずっと無言で、あたしの頭をひたすら優しく撫でていた。まるで、そうすることによってあたしの受けた傷が癒されるとでも信じているかのように。

「申し訳ありませんでした」と文造は何度も何度もキヨに頭を下げて謝った。

「いきなり自分が本当の母親だなんて言われたら、誰だってびっくりしますよ。なあ、晶子、悪かったなあ、せっかくの祭りの日が台無しになって」とあたしにも謝った。

この人は道理の分かる人だ、と思った。そしたら、少しは気持ちが落ち着いてきた。もし、頼子が本当の母親なら、この人が自分の本当の父親ということになる。あたしは改めてしげしげと文造を見た。

大柄な頼子に比べて、文造は小柄だった。二人が並んで立つと、背も頼子のほうが高い。こういう夫婦を「蚤の夫婦」と世間では言うらしいが、精悍な顔立ちで親分肌の文造には頼子も一目置いているようだった。

国鉄に勤める傍らみかん栽培もしている文造はいつも忙しそうだった。あたしが会うのはせいぜい年に一度か二度、今日のようなお祭りの日で、これまで親しく話したこともない、あたしにとっては遠い存在だった。だから、文造が父親だと言われても、すぐには信じられなかった。

ふと、「釜野」の家の奥座敷のなげしに飾られている一枚の写真が頭に浮かんだ。父の一雄の写真だ。今まで父だと思っていた人がそうではなくて、今自分の目の前にいる人が本当の父だとも言われても頭が混乱するばかりだった。

「実は、近いうちにお宅へ伺って、今後のことを相談するつもりでした。頼子からお聞きになったと思いますが、噂はそれはひどいもんです。我々としても黙って放っておくことなんぞできはしません。ことに子供である晶子への影響を考えると、うちのやつなんか、居ても立ってもいられない気持ちになって、それでつい」

頼子に代わって文造がしきりに弁解する。

「今後のことを相談する折に、話の方向次第では、親子の名乗りをあげることも考えていたんです。それまでは絶対に何も言うなと、頼子にはあれほど釘を差しておいたのに、今日はとんだことになってしまって、本当に申し訳ありません」と文造はひたすら謝った。

「いいんですよ、もう、文造さん」

うつむいて話を聞いていたキヨがようやく重い口を開いた。

「このことは、いずれ分かることでしたから。それもやむを得ないことだと近頃では私も覚悟していました。晶ちゃんの将来を考えれば、実の親としてあんたたちがこのまま黙っちゃいないだろうし、事はいつかおおやけにされるだろうって。もとはと言えば、うちの大人たち皆の責任ですよ。私たちがだらしないから、あんた方にも余計な心配を掛けて。謝らなくちゃならないのは我々のほうです」

思いがけないキヨの言葉だった。キヨは頼子の告白を真実だと認めてしまったことになる。頼みとするキヨにまで裏切られたような気がして、あたしはもはや身の置きどころがなかった。できるものなら、神仏の力でも借りてこのままどこかへ消え失せてしまいたいと本気で願った。

文造はしばらく憮然とした面持ちで立っていたが、こんな時にこんな場所で話すような内容の話ではないととっさに判断したのか、

「それじゃあ、この話はまた日を改めて」と言い残して、そそくさと座敷の客のほうへ戻っていった。

あとには、気まずい思いを払拭しようにも方法がなく、途方に暮れた女たちが残された。告白が真実なら、三代に亘る母娘たち、キヨと頼子とあたしは同じ場所に立っていても、心はバラバラだった。

この事態を収束するのは容易なことではない、と誰もがよく分かっていた。それだけに、重い沈黙に閉ざされたまま誰も身動きが取れなかった。それを真っ先に打ち破ったのは、あたしだった。

「大きいおばあちゃん、うちに帰ろう」あたしはキヨの着物の袖を引っ張って言った。

一刻の猶予もなく、あたしは家に帰りたかった。家に帰って、弓子とミナに会いたい。二人の顔を見さえしたら、元どおりの自分になれるような気がしていた。座敷の客にいと

まごいをしようとするキヨを急き立てるように玄関から外に出た。

バス停へ向かうあたしたちの後から、赤い風呂敷包みを手にした頼子が追いかけてきた。

「これ、おみやげ」とキヨに風呂敷包みを渡しながら頼子が言った。

風呂敷包みの中身は、祭りのご馳走が入った折詰だった。頼子は続けて何か言いたそうな風を見せたが、結局何も言わなかった。

「ありがとう」キヨもお礼の言葉以外何も言わなかった。二人の視線はしばらく空中で絡み合ったまま動かなかった。その間、時間にしてほんの数秒が、あたしにはとてつもなく長く感じられた。

「じゃあ、また」とキヨが言って、さっさとバス停へ向かって歩きだした。その後を追ってキヨと並んで歩きながら、あたしはようやく息がつける思いだった。

頼子の家の門が見えなくなる道路の曲がり角まで来て、何気なく後ろを振り返った時、門の前で頼子が背伸びするようにこちらを見ている姿が目に入った。白い割烹着を付けた紺色の着物の裾が、折からの突風にパタパタとはためいていた。あたしが初めて見る、頼りなくて寂しそうな頼子の立ち姿だった。

集落への入り口でバスを降り、集落の道に入ってからも、しばらくあたしたちは無言で歩き続けた。二人ともすぐには口を開く勇気がなかった。すでに賽は投げられて、事は自分たちの力の及ばない方向へ向かって進み始めている、と嫌になるほど感じていた。

「大きいおばあちゃん」

沈黙に耐えられず、口火を切ったのはあたしのほうだった。

「お母ちゃんはどこにも行かないよね。家で待ってるよね。小さいおばあちゃんと一緒に家で待ってるよね」

「ああ、待ってる、待ってる」前方を真っすぐに見つめたままキヨが言った。

あたしはキヨの手を求めた。キヨの大きくて骨張った手の中にあたしの手がすっぽりと納まった。これから押し寄せてくる嵐に立ち向かう決意を示すかのように、二人は互いに手を固く握り合った。

集落に入ると、あちこちの畑から煙が立ち上っていた。収穫の済んだ落花生の殻を焼く煙だろうか。ラベンダー色の黄昏が訪れた集落は、今日一日の終わりを穏やかに迎えようとしていた。

今日と変わらぬ明日が保証されているような光景だった。あたしたちがこれから帰っていく家も同じように変わらぬことを心の底から願った。

二

十一月に入って、最初の日曜日だった。文造と頼子が改まった様子で我が家を訪れた。ついに、来るべきものが来た、という感じだった。

その日は家の中にいるのがもったいないほどの上天気で、日差しは強いのにそう暑くもなく、爽やかな風が座敷中にさわさわと吹き渡っていた。朝のひと仕事を終えたミナが畑から帰るのを待って、十時のお茶を始めようとした時だった。文造と頼子がせかせかした足取りで門を入って来るのが廊下のガラス戸越しに見えた。

挨拶もそこそこに、奥座敷の床の間を背にして文造がどかりと腰を下ろした。その脇にそっと控えるように頼子が座る。いつになく神妙な立ち振る舞いだった。どうやら頼子は文造に事の成り行きを任せる気でいるらしかった。

あたしの家の大人たち三人は皆揃って下座に着いた。そうして両家の大人たちが顔を向き合わせて座っていると、まるでそこが裁きの場でもあるかのように見えてくる。いずれにしても、裁く者と裁かれる者の立場をはっきりさせておこうとでもいうような座り方だった。

あたしは自分がどこに座ったらいいのか分からなかったので、座敷の敷居の前で突っ立ったままでいた。そのうち誰かから「表で遊んでおいで」と声が掛かるのを覚悟していた。しかし、誰からも声は掛からず、あたしはその場から追い払われもしなかった。それで、弓子の陰に隠れるようにして座った。

「先日は申し訳ありませんでした」と文造が口火を切った。

「うちのやつが不用意なことを口にしたもんで、すっかりお騒がせしてしまって。後でよく事情を聞いてみたら、自分でもどうしてだか分からない、なんて言うんですから、いい歳をしてまったく困ったもんです」

文造は傍らの頼子を見やりながら、しきりに祭りの日の非礼を詫びた。

「大人気なく取り乱してしまって、恥ずかしいわ。本当にごめんなさい」と頼子も素直に謝った。

「これは言い訳になるけど、初めはそんなつもりはまったくなかったのよ。晶ちゃんの髪を梳かしているうちに、ふっと何かに憑かれたようになって、気が付いてみたら、ひとりでに言葉が出ていたの」

頼子はそう言うと、遠いところを見るようなまなざしをした。

「晶子が養女にもらわれていった時は、まだほんの乳飲み子だった。私はずいぶん辛い思いをしてね、その時の気持ちをなぜかふいに思い出してしまったの。そしたら、この子は私の子だ、もう誰にも渡すものかって、そんな思いが突然身体の奥から突き上げてきて……」

頼子の独白のような語り口が、周囲の緊張をいやが上にも高めていった。皆がうなだれて、自分の膝元ばかり見つめていた。

文造は膝を正すと、早速話の本題に入ろうとした。

「単刀直入に言わせてもらいますよ。縁あって晶子をお宅に養子に出しましたが、この際私共に返していただきたいのです」

まるで、組合交渉にでも臨む時のような口調だった。長らく国鉄に勤め、近年は組合の専従役員をしているという文造は、切れ者で弁も立つと、親族間でも一目置かれていた。

「これは、うちのやつともよく話し合ったうえでの結論なんですが、今日はそのことをお願いに上がりました。理由は、弓子さん、あんたが一番よく知っているはずだ」

文造の鋭い視線が弓子に注がれる。

「弓子さん、僕は世間の噂をそっくりそのまま信じているわけではないよ。世間のやつらは、よその家のこととなると、尾鰭を付けておもしろおかしく言い立てるものだからね。だが、火のないところに煙は立たないというように、噂がまったくでたらめとも思えなかった。うちのやつが噂を聞いて、悩んだ末に弓子さんの職場まで訪ねていったことがあったね。外へ連れ出して、事の真相はどうなのかと聞いたら、弓子さん、あんた、『付き合っている人がいるのは事実です』って答えたそうじゃないか。うちのやつは、噂を聞いた時以上にショックを受けちまった。私だって、それを聞いた時はショックだったよ」

そこまで一気に言うと、文造は大きく息を吐いた。皆が、息をのむように次の言葉を待った。

「じゃあ、噂は本当だったんだ。話全部でないにしても、『友さん』とかいう人と付き合っているというのは間違いないらしい。事実を知った僕たちは、それから悩みに悩んだよ。どうしたらいいのか考えあぐねて、もう一度、今度は僕が弓子さんに会いに行ったんだ」

自分たちの知らないところでそんなことがあったのか。あの頃、弓子の様子がおかしかったのも道理で、とうなずける。

「私たちとしては、弓子さんさえ元に戻ってくれれば後はなんとかなる、とその時はまだ安易に考えていたんだよ。ところが弓子さん、あんたは何も答えてくれなかった。彼と別れるとも、別れないとも、なんにもね」

「私はその話をうちの人から聞いて、もう黙ってはいられないと思ったの」

　頼子が文造の言葉を引き継ぐように言った。

「晶子の親として、もう黙ってはいられないって。このままずるずるといったら、晶子はどうなってしまうんだろうと思ったら、夜も眠れないようになったわ」

　頼子は、眠れない苦しい夜を思い出すかのように顔をしかめた。

「今までだって、一雄のせいで、ずいぶん心を痛めてきたわ。父親があんなでは、晶子はまともに育たないんじゃないかって。でも、だらしない一雄に代わって、弓子さんが親として一生懸命頑張ってるのを見て、私も目をつぶってきたの。それが何？　今度は弓子さんまでが、親としての義務を忘れて。いくら夫がそうだからといって、妻のあなたまでが、家を顧みなくなるような真似をすることはないでしょう」

　話すほどに頼子の言葉は激してくる。文造は、もうそこまでというように、手で頼子を制した。

「弓子さん、あんたにはあんたの事情というものがあるだろうし、それについてとやかく言うつもりはない。だが、それが晶子に関わることとなれば、黙って見過ごすわけにはいかないんだよ」

文造は、努めて冷静に話を進めようとする。

「子供が欲しくてできないあんた方夫婦に、まだ赤ん坊の晶子をやったのも、それがよかれと信じてのことだ。どこに子供の幸せを願わない親がいるだろうか。もしこんなことになると分かっていたら、あの時晶子をやるんじゃなかったと、私たちは今臍を噛む思いでいる」

文造の視線がふいに弓子からあたしに移った。

「その当時は、うちは大家族で、四番目の子供として晶子が生まれた頃は生活が一番苦しかった。戦後間もなくではあったし、おまけに一町が丸ごと焼け出された大火の後でね、食べるものにも着る物にも不自由していた。そんな時、晶子をこちらの養子にと望まれたんだ。女房の実家ではあるし、古くから代々続いた家の跡取りともなれば、きっと大切に育てられるに違いないと思った。だから、養子に出すことを私たちは承知した」

文造はいつしかあたしに目を据えて話していた。養子に出したやむを得ない事情というものをあたしが理解できてもできなくても話しておきたいという意気込みが感じられた。

「ところがどうだ。晶子が小学校に上がる前に一雄君は家を出て、もう何年も帰ってこない。失礼だが、暮らし向きも苦しくなって、弓子さんが勤めに出ることになった」

文造の視線が再び弓子に戻った。

「子供にとって、この家はいい環境とは言えなくなってしまった。それでも、この家にはおばあちゃんたちもいるし、弓子さんが晶子を大切に育ててくれていることも分かっていたから、これまで黙って見てきたんだ。だが、頼子じゃないが、私だってもう黙ってはいられない。弓子さん、私たちは晶子の将来が心配なんだよ。子供というのは、何気ない風でいて大人のやることをよく見ているからね。そうと気付かぬうちに、いろいろ感化されちまう。そこが怖いんだよ。一雄君にしろ、あんたにしろ、そこのところがまるっきり分かっていないんじゃないのかな」

文造の言うことに、誰一人異議を唱える者はいない。

「君たち夫婦が、それぞれ自分の好きなように生きるのはいいだろう。それについて私がとやかく言う資格はないし、またそのつもりもない。だが、晶子を巻き込むことだけはやめてくれないか。弓子さん、率直に言わせてもらうよ。君たち夫婦は、もう元には戻れないところまで来てるんじゃないか。もしそうなら、おのずと結論は出ている。君たちが別れるなら、当然晶子はこちらで引き取らせてもらう」

奥座敷を死のような静寂が支配していた。先刻までの風のそよぎはぴたりと止まって、重たく澱んだ空気が辺りに充満する。密室に閉じ込められたように、息をするのさえ苦しかった。

あたしは何をどう考えていいものやら、まるで分からなかった。話の成り行きからすると、自分の運命を大きく変えてしまうような重大な事態に立ち至ったというのに、妙にその実感が湧いてこない。まるで他人事でも聞くように大人たちの話を聞いていた。

「やはり、晶ちゃんはお返しすべきなんでしょうね」

静寂を破って弓子が言った。

あたしは思わず弓子の顔を見た。断崖から落ちそうになって必死で救いを求めているところを上から突き落とされたようなものだった。自分との絆を断ち切ろうとしている弓子がふいに遠い存在に思えた。

「お義兄さんのおっしゃることは、いちいちごもっともです」

弓子は、喉の奥から絞り出すような掠れ声で言った。

「私たち夫婦は、おそらくもう元には戻れないでしょう。そうなれば、当然晶ちゃんはそちらにお返ししなければならない。それが怖くて、私は長い間皆さんを偽ってきました」

一つ一つ言葉を選ぶようにゆっくりと話す弓子の話し声が静かに奥座敷を流れていく。

「本当は私たち、一雄さんが家を出ていくと言った時からもう駄目になっていたんです。だから、その時点で晶ちゃんをお返しすべきでした。でも晶ちゃんは可愛い盛りで、私はどうしても晶ちゃんを手放す気にはなれなかった。赤ちゃんの時から育ててきたので、いつの間にか本当に自分のお腹を痛めて産んだ子のような気がしてたんですね」

弓子は遠い日を懐かしむようなまなざしをした。

「一雄さんが家を出る直前、私たちは毎日けんかばかりしていました。あの人、百姓にはもう見切りをつけた、と言って、新しい商売に手を出しては次々と失敗して、やけを起こしていたんです。生活がだんだん苦しくなっていくものだから、私がつい愚痴をこぼすと、けんかになって。それで、一雄さん、ある日とうとう家を出ていくことになったんです。表向きは仕事を探すということだったんですけど、正直なところ、私や家族の存在が重くて耐えられなかったんじゃないかと思います」

もはや、そばにいるミナとキヨの気持ちを慮って取り繕う気はないらしく、弓子は淡々と話を進める。

「仕事を探しに行くなんて、そんな話が世間に通用するとも思えなかったのに、不思議と疑う人もいなくて。そう周囲に言い続けているうちに私自身が信じて、一雄さんの帰りを待つ気になっていました。それからあっという間に三年が経って、この春、一雄さんから平塚に住所が決まったという連絡があったので、私、その家に行ってみたんです」

あの家だ。平塚の郊外のあの家。この夏休みの初めに、弓子と一緒に尋ねた父の家が、あたしの頭に鮮明に浮かんだ。その時に見た玄関脇の真っ赤な立葵の花は、その時にはまだ咲いていていなかったはずだ。

「その時、一雄さんといろいろ話をしてみて、私、よく分かったんです。私たち、もう駄目だな、って。二人で向き合って話せば話すほど、お互いの気持ちが少しずつずれていくようなんです」

「その時にこそ、別れる決心をすべきじゃなかったの」と頼子が口を挟む。

「お義姉さんのおっしゃるとおりです。その時、私たちがきちんと別れることを決めていたら、今日のようにはならなかったでしょう。でも私にはできなかった。あの人を失うことより、この家族を失ってしまうことが恐ろしくて。小さい時に親を亡くした私にとって、この家は生きていく拠り所でした。ここを出たら、私には行くところがありません。だから、私はその時も今までとは何も変わらないふりをして、ここにそのまま居座ってしまいました。今の仕事が落ち着いたら、一雄さんは近いうちに帰ってくるという嘘を周囲にも自分自身にも無理に信じ込ませて」

「そうだったの」と頼子が言って、溜め息をついた。

「私もおかしいとは思ってた。一雄が仕事を探しに行くといって家を出たきりそのまま三年も帰らないというのは、いくらなんでも変だものねえ。おばあちゃんたちだって、変だとは思わなかった？」

「それはそうだけど。変だと思っても、私たちじゃあ、どうすることもできなかったし」とキヨ。ミナは歯のない口で何を噛んでいるのか、さっきからもぐもぐと口を動かし続けている。

「まあ、過ぎ去ったことは仕方がないとして」

文造が話を軌道修正するように言った。

「聞けば弓子さん、この夏、あんたは晶子を連れて一雄君に会いに行ったそうだね。その時はどうだったの。確か一雄君は仕事のほうも安定して、近々家に戻って来るような話だったと思うけど」

「そうそう」と頼子が言って、膝を前に乗り出す。

「それが、その時は結局一雄さんには会えなくて……。一雄さんが近々帰るという話を隣の奥さんから聞いたというのは、口からのでまかせです。申し訳ありませんでした」

そう言うと、弓子は誰にともなく深々と頭を下げた。

「この夏、晶ちゃんを連れて、平塚のあの人の家に行ったことは事実です。晶ちゃんも大きくなって、家の複雑な事情も少しずつ分かってきていたので、このままにしておくのはまずいなと思って。それで、今度こそ一雄さんと今後のことをきちんと話し合おう、と私としては決意を固めていったんです。それなのに本人には会えなくて、その代わりに……」

弓子の言葉が突然詰まった。その先を言おうか言うまいか、しばらく迷う様子で視線を宙に泳がせていた。

「代わりになんなの？」と頼子にせかされて、弓子はようやく決心がついたように話の続きを聞かせた。

「一雄さんの家で、若い女の人に会ったんです。私よりだいぶ若くて、まだ娘々した……」

「それって、一雄の女じゃないの？」

弓子の言葉を途中で遮って、頼子が金切り声をあげた。

「そうよ、そうに決まってる。やっぱり、私が心配していたとおりになったわ。親父さんの時とおんなじよね。血筋は争えないもんだわ」

頼子はやれやれというように大きく溜め息をついた。一同が押し黙った。頼子の推察はおそらく間違ってはいまい、と誰もが暗黙のうちに了解していた。

「そんな人がいるんじゃあ、一雄が家に帰らないというのも無理はないわね。一体いつからそんなことになっていたのかしら。おっかさんはこのこと知っていたの？」

「私は何も。でも、何かあるんじゃないかと疑ってはいた。一雄はあれで気の弱いところがあって、寂しがり屋だから、一人で生きていくことなんかできやしないって」とキヨ。

「弓子さんにしろ、おっかさんにしろ、まったくのんきなものね。一雄にそんな人がいたのなら、事はずいぶんと深刻だったんじゃないの。なぜもっと早く私たちに相談してくれなかったのよ。そうしてくれていたら、何か手の打ちようもあったでしょうに」

もう今となっては遅すぎる、というのが頼子の言い分だった。頼子の言い分はもっともで、今となってはもう何もかも取り返しがつかないことに皆が改めて気付くのだった。

　あたしは自分にもその責任の一端があったことをふいに思い出した。もうずいぶん前のことのようにも思えるが、今年の夏休みに入った最初の日、自分も父の家でその若い女に会ったのだった。顔などとっくに忘れてしまったが、モード雑誌から抜け出たようにきれいな人だった。その人に会ったことは内緒というのが弓子との約束で、あたしはその約束を守り続けたのだが、それがいけなかったとでもいうのだろうか。

「その女の人と会ったことは、確かにショックでしたが、『ああやっぱり』という気持ちがどこかにあって、私にはどうしようもないことのように思えたんです。おばあちゃんたちに話しても余計な心配を掛けるだけだし、このことは黙っておこう、って、一人で勝手に決めて……」

　この際、内なる思いを全て洗いざらい打ち明けてしまいたいという衝動が今や弓子を突き動かしているようだった。

「一時的なショックが落ち着くと、これで一雄さんとのことも決着がついた、とかえってさばさばする思いも次第に湧いてきました。ただ、このことは誰にも黙っておこうって、私、決心したんです。だから、一緒に行った晶ちゃんを言いくるめて。悪い親ですよね。今から考えると、誰のためでもなく、全部自分のためにです。私はこの家と家族を失うのがとにかく怖かったから。一雄さんとはいずれ別れることになるにしても、その時までこの家から出ていきたくなかったんです」

キヨは目頭を押さえながら弓子の話に聞き入っていた。あの日、弓子がついた嘘をキヨは疑ってみようともしなかった。それは、疑う気持ちがなかったからではなく、丸ごと信じてしまうほうが、自分にとって都合が良かったからではないか。この家と家族がなくては生きられないのは、キヨとても同じだった。

ミナは、自分もある意味で弓子の嘘に荷担していたことを自覚したのではないだろうか。あの日、直観的に弓子の嘘を見抜いたと思われるのに、何も気付かぬふりをしてしまったのだから。だが、事実を知ったところで何ができようか。自分が長く生きすぎてしまったことを悔やんでいるように、ミナは歯のない口をもぐもぐと動かし続けた。

弓子に言い含められたあたしはもちろんのこと、家族ぐるみで弓子の嘘を庇ったようなものだった。それが今日のような結果になるとは、誰にも予測のできないことであった。

「それほどまでして守りたかった家庭を、弓子さん、どうしてあなたは自分から壊そうとしたの？」

黙って話を聞いていた頼子が、いきなり弓子を糾弾し始める。

「あなたが『友さん』とかいう人と付き合い始めたのはなぜ？　私には、一雄に対抗するためだったとしか思えないわ」

　弓子はしばらく考えるように間を置いてから、

「そう思われても仕方がありません。私としては、そんな気持ちはなかったと言いたいところですけど、心の奥底までは自分でも分からないことがありますから……。とにかく、私に隙があったことは間違いありません。今さら弁解のしようもないことです」と言った。

「ずいぶん開き直るような言い方じゃない。じゃあ聞きますけど、弓子さん、あなたは自分のしたことを後悔してはいないの？」

　頼子の追及の手はやまない。弓子はやはりすぐには答えられなかった。しばらく考えていたが、やがてゆっくりと言葉を一つ一つ選ぶように話し始めた。

「恋愛についてなら、正直言って後悔はしていません。私には避けようのないものでしたから。あとさきのことを考える余裕がないままに突き進むしかなかったんです。でもその結果、大切なものを失うことになってしまいました。皆さんを偽ってまで守ろうとした私の宝物が……」

　弓子はそれ以上話し続けることができなかった。必死で嗚咽を堪えている様子だった。

「あんた、この家から出ていくのかね」

それまで座敷での会話には一度も加わっていなかったミナが突然言った。

「あんた、このうちから出ていくつもりなんだろう。どこか行く当てはあるのかね」

「おばあちゃん、何も今急にそんなこと……」

慌てて頼子が制止しようとするが、ミナは聞き入れない。

「私ら、今までうまくやってきたじゃないか。これからだって、ちゃんとやっていける。あんたがこのうちにいたいんなら、出ていくことはない」

「そうだねえ、私もそう思うよ」

キヨがミナの援護射撃をするように勢い込んで言った。

「弓子さん、あんたがそうしたいのなら、このうちを出ていくことはないわ。考えてみたら、あんたをそこまで追い込んでしまったのは、私らの責任でもあるんだから」

「二人とも、何を馬鹿なこと言ってるの！」

頼子が気色ばんで言った。

「そんなこと、できるわけないでしょう。今までどおり、何もなかったふりをして一緒に仲良く暮らしていくなんてこと、どう考えてもできるはずがないわ。第一、私たちは嫌ですよ。たとえ、このうちが今までどおりの生活に戻るとしても、晶子を置いておくわけにはいかないわ」

「そうだなあ。申し訳ないけど、私も頼子と同じ意見です。『覆水盆に返らず』ってとこかな。それは無理だと思いますよ。晶子のことは言うに及ばずです」

文造が話を締めくくるように言った。ミナとキヨが憮然とした表情で押し黙った。

「もし、おばあちゃんたちがこれから先の生活のことを心配してるのなら、私たちがいいようにするから」

頼子がそばからとりなすように言った。

「年寄り二人で暮らすのが不安なら、敏子のところに来てもらうのもいいし。とにかく、何も心配することはないから」

この一件は落着したとでも言うような頼子の口振りだった。

あたしは子供であることの非力さを嫌というほど味わっていた。自分が運命の分岐点に立たされているというのに、決定権は自分にはなく、周囲の大人たちによって勝手に事が決められていく。なんともやり切れない気持ちだった。あたしは大人たちに反駁するだけの力を持たないことが悔しかった。自分の気持ちを言葉にできない憤懣が出口を見失って身体中に渦巻いた。

その日、文造と頼子が帰る頃には、今後の段取りがほとんど決まっていた。弓子は移るところが決まり次第、家を出る。あたしは転校手続きが済み次第、生家に引き取られる。そして、ミナとキヨはいずれ敏子たち母娘と一緒に暮らすことになった。こうした手筈が遅くとも年内には完了することが双方で確認された。今は十一月の初め、一家が離散するのにふた月もない。あたしたちに残された時間はあまりにも少なかった。

第三章　別れ

時は無情な顔をして流れ去る。もはや誰にもその流れを止めることはできなかった。

弓子が家を出たのは、十二月初めの初霜が降りる頃だった。あたしが気付かないうちに少しずつ引っ越しの準備は進められていたらしく、ある日あたしが学校から帰った時には、家からすっかり弓子の持ち物が消えていた。

弓子の嫁入り道具の一つだった桐ダンスがなくなって、寝間にしていた納戸部屋がやけに広く見えた。タンスが置かれていた場所の畳に、その跡だけが青々と残されていた。

あたしはランドセルを背負ったまま、へなへなと畳の上に座り込んだ。石にでもなったように青畳を見つめて動かなかった。本当は悲しくてたまらないはずなのに、なんの感情も湧いてこない。本当に石になってしまったような気がした。

あたしは桐ダンスの置かれていた跡をそっと指でなぞってみた。弓子がきれいに掃除をしていったものとみえて、指には埃一つ付かなかった。弓子は埃まで含めて自分の痕跡をきれいさっぱり拭い去っていってしまったのか。そんな気がして、あたしの心は空っぽになった。

「おや、晶ちゃん、いつ帰ったの？」と台所のほうで声がした。振り向けば、キヨだった。キヨは、布巾を掛けた皿を両手で抱えていた。

「ちょうどよかった。ほら、これはなんでしょう？」

キヨは皿をあたしの目の前にかざすと、手品師のように掛けていた布巾を取り払った。とたんに皿から白い湯気がゆらゆらと立ち上った。

皿の中には芋だんごが山盛りに入っていた。蒸した芋だんごはあたしの大好物だった。

「これ、『中の家』の小母さんが晶ちゃんに、って。冷めないうちにおあがり」

キヨに勧められて、あたしは芋だんごの一つを手に取った。水で練ったさつま芋の粉を片手で握って作る芋だんごには、蒸された後も握った人の指の跡がそのまま残る。目の前の芋だんごに付いいただいぶ太い指の跡は、隣の「中の家」の小母さんが付けたものに違いなかった。

あたしはその大ぶりな芋だんごを一口齧ってみる。とたんに、口の中にほのかな甘みが広がった。

　あたしがねだって、たまに弓子が作ってくれた芋だんごは、全体の形も指の跡ももっと細かった。いかにも繊細な形をしたその芋だんごを自分が口にすることはもうないだろう、そう思うと、急に鼻の奥がじんじんし始めて、涙がじわっと湧いて出た。

　あたしは弾かれたように立ち上がった。土間に脱ぎ捨ててあったズックをつっかけると、脱兎のごとく玄関から表に飛び出した。

　今ならまだ弓子に追い付けるかもしれない、その一念があたしを駆り立てていた。あたしは狂ったように集落を走り抜け、通学路の線路に沿った道に出た。そこから足は自然と青果市場へ向かった。弓子が一週間ほど前にそこを辞めたことは知っていたが、市場へ行けば、何かの手掛かりが掴めそうな気がした。

　ようやく青果市場に着いた。あたしは血眼になって弓子を探したが、シンと静まり返った市場に弓子の姿はなかった。恐る恐る事務所の中を覗いてみたが、そこにも弓子はいなかった。かつて弓子が座っていた席には見知らぬ若い女の事務員がいて、あたしと視線が合うと、訝しそうにこちらを見た。

　あたしは青果市場をすごすごと引き上げるしかなかった。縋るような思いでここまで来てはみたが、次に行く場所もすぐには思い浮かばなかった。弓子の引っ越し先はもとより知らされていない。

ふと、弓子は根府川の叔母さんの家にでも行ったのではないか、と思った。が、慌てて家を飛び出して来たので、あたしは電車賃も持っておらず、また一人で行ける自信もなかった。弓子に会いたいという熱い思いがはぐらかされて、宙ぶらりんな気持ちのまま集落への道をとぼとぼと引き返した。

すでに太陽は大きく西に傾いて、辺りには薄闇が漂い始めていた。集落の中には電灯を点す家もあって、それが遠くで鬼火のようにボーッと浮かんで見えた。

「釜野大橋」の近くまで来て、あたしは橋のたもとにたたずむ人影に気付いた。暗がりに目を凝らすと、人影はどうやらミナとキヨらしい。それにもう一人、自転車の脇に立つ女の子の影は、「下の家」のフミちゃんのようだった。

フミちゃんはあたしを見つけると、自転車を置いてそばへ駆け寄ってきた。

「晶ちゃん、一体どこへ行ってたのよ」と、いきなりなじるようにフミちゃんが言った。

「みんなで集落中をあちこち探し回ったんだよ。どこを探しても、いないから、これからどうしようかって、今おばあちゃんたちと相談してたところ」

普段は優しいフミちゃんが、本気になって怒っていた。六年生のフミちゃんはあたしの姉のような存在で、日頃から面倒見は良かったが、近頃はあたしの家の事情を知ってか、ことに優しかった。そのフミちゃんが怒っている。あたしはまだ自分を心配して本気で怒ってくれる人のいることが嬉しかった。

ひとしきり怒った後で、フミちゃんの口調が急に優しくなった。

「今夜は、晩ご飯、うちで食べてもらうことにしたんだよ。お母さんに言われて、それを伝えに晶ちゃん家まで行ったら、大きいおばあちゃんが真っ青な顔して縁側に座り込んでいるじゃない。『晶ちゃんがどこかへ行ってしまった』って、そればかり繰り返して言うの。大きいおばあちゃん、いきなり飛び出していった晶ちゃんの後を追いかけたけど、じきに姿を見失ってしまったって、がっくりしてた。それで、私が代わりに自転車で晶ちゃんを探すことになって……、晶ちゃん、一体、どこへ行ってたのよ」

再び怒りが込み上げてきたように、フミちゃんはあたしをなじった。だが、フミちゃんになんと言われようが、あたしは自分の行った先を教えるつもりはなかった。これほど心配して自分を探し回ってくれたフミちゃんにさえ。弓子との絆をぷっつりと断ち切られた心の痛みを分かってくれる人が、この世に一人でもいるとは思えなかった。

返事をしないで黙り込んでしまったあたしに、

「とにかく、おばあちゃんたちのところへ行こう。早く顔を見せて、安心させてあげて」

と言って、フミちゃんは先に立って歩き始めた。その後から、あたしも仕方なしについていった。

「まあ、晶ちゃん、お帰り」キヨが心から安堵したような声で言った。

「まずはよかった」とミナが言い、「さてと、じゃあ、家に帰るとするか」と杖を手にした。

さっきより一段と闇が濃くなった家までの坂道をフミちゃんの自転車の灯りが照らす。その灯りを頼りに、あたしたちは坂道をひとかたまりになって歩いた。先頭はミナ、それに少し遅れるようにキヨ、あたしは自転車を押して歩くフミちゃんのそばについて歩いた。

いつだったか、これとよく似た光景の中に自分がいた、とそんな思いにふと囚われた。ただ、その時自転車を押して歩いていたのは弓子だった。あたしの脳裏にその光景が一瞬浮かび上がってすぐに消えた。辛くなるほど甘美な思い出の余韻だけが残った。

あたしの傍らでフミちゃんがしきりに話し続けていた。

「集落中のどこを探しても晶ちゃんは見付からないし、どうしようかと思って『釜野大橋』まで来たら、小さいおばあちゃんに会ったのよ。晶ちゃんを見掛けなかったかと聞いたら、『見掛けなかったけど、心配はいらない。辺りが暗くなってきたし、晶子もそろそろ帰る頃だろう』って、小さいおばあちゃん、自信ありげに言うのよ。それで、私も覚悟を決めて、晶ちゃんが帰ってくるまでそこで待つことにしたの。そのうちに大きいおばあちゃんもやって来て、それから三人でずっと待ってたんだよ」

「本当に、フミちゃんには心配掛けちゃったねえ」とキヨが後ろを振り返って言う。

「私はいいんだけど……、でも、晶ちゃん、もうおばあちゃんたちに余計な心配掛けちゃあ駄目だよ」最後に念押しをするようにフミちゃんは言った。

フミちゃんに言われるまでもなかった。自分が取った突飛な行動がどんなに二人を苦しめたか、あたしには嫌になるほど分かっていた。

ことに、キヨを痛めつけてしまったことが悔やまれてならなかった。ただでさえ繊細なキヨの肉体と精神は、ここひと月ほどの間に傍目にも顕わなほど痛めつけられている。わずかな刺激でも加えれば、あっという間に朽ち果ててしまいそうだった。急にひと回りもふた回りも痩せてしまったようなキヨの肉の薄い身体を眺めながら、もう二度と心配を掛けてはいけない、とあたしは自分に誓った。

　家への坂道を上り始めてから、あたしの気持ちは不思議と落ち着いてきた。弓子を失った悲しみからは逃れようもなかったが、集落に戻って、自分を心から愛してくれている人たちに囲まれていると、優しく真綿にでもくるまれているような安らぎを感じる。

　弓子がいなくなっても、ここでなら自分は暮らしていける、とあたしはそんな気がした。だが、事はすでに決していて、今さらどうにもならないことも承知していた。弓子同様、あたしが「釜野」を立ち去る日が確実に近づいていた。

第三部　それから

一

二学期の修了式が済むとすぐに私は隣町の生家に引き取られた。担任の河野先生や仲のいい友達にゆっくりお別れの挨拶をする間もなかった。その二、三日後には、頼子の妹の敏子叔母と二人の娘たちが「釜野」へ引っ越してくることになっていた。もはや、「釜野」の家に私の居場所はなくなった。

実家に戻されても、私の居場所はなかった。その頃実家には十人もの家族がいて、私は身の置きどころがなかった。実際に寝る場所もなくて、三歳の弟、誠と一緒に寝る母、頼子の布団の足元に寝ていたくらいだ。

その冬の寒さは、ことのほか厳しかった。身体よりも心が寒さでこごえそうになった。

それまでおしゃべりだった私が、用事のある時以外は誰とも口をきかなくなった。

そんな時、大勢の家族の中で一番私に優しく接してくれたのが、四歳年上の姉、芳子だった。

世話好きな芳子は、クリスマス会やどんど焼きなど、子供会の行事があれば必ず一緒に連れていってくれた。地域の子供たちと触れ合う機会をたくさん作ってくれたおかげで、近所に仲のいい友達がすぐにできた。

だが、私は戸籍上ではまだ元の「山路」の姓のままで、実家の姓「滝沢」には戻らなかったので、「もらいっ子、もらいっ子」と近所の男の子にはよくいじめられた。

父の文造はそんな私を哀れに思ったのか、土曜日の夕方になると、私を「釜野」の家に連れていき、日曜日の夕方に迎えに来た。そんな時は「バタバタ」と騒がしく音を立てて走るスクーターの後ろに私を乗せて走った。文造の腰に手を回して身体をくっつけて走っているうちに、父には自然となじんでいった。

ところが、母の頼子になじむには、その何倍もの時間がかかった。頼子は家事や育児だけでなく、畑仕事にも追われていて、いつも忙しそうだったし、声を掛ける隙もなかった。母をどう呼べばいいのか分からなかったので、用事のある時は「あのう」とか、「ええと」とか声を掛けるしかなかった。他の兄弟たちが「母ちゃん」と呼ぶのを聞いているうちに、いつしか私もそう呼ぶようになったが、「お母ちゃん」とは決して呼ばなかった。

私にとっての母は、弓子一人だった。

その弓子が私の前に現れたのは、年も明けた二月の末、ようやく春の兆しが表れ始めた頃だった。学校の門を出ようとしたところで、「晶ちゃん」と懐かしい声で呼び止められた。

弓子は校門脇の松の木の下に立っていて、「こっちにおいで」としきりに手招きをする。私たちは松の木の陰で思わず抱き合った。離れ離れになってから早や二カ月が経っていたが、そうすることになんのためらいもなかった。

「元気だった?」と弓子が私の身体を隈なく点検しようとする。

「元気だった」と私はおうむ返しに答える。

「お母ちゃんね、『釜野』の家を出る時は、晶ちゃんにサヨナラも言えなかったのがずっと心残りでね、それで、今日は思い切って会いに来ちゃった」と弓子。

「今、どこに住んでるの?」と私が聞いてもそれには答えないで、「今は親戚の会社で働いてる」としか言わなかった。

「おばあちゃんたちは元気?」と聞くので、「元気だよ」と答えたら、初めて嬉しそうな表情を見せた。

下校する子供たちが私たちのほうを怪訝そうに見るので、くっつけていた身体をようやく離した。

「お母ちゃんね、働いてお金をたくさん貯めたら、いつか晶ちゃんを必ず迎えに行くね。その時は、大きな車で迎えに行くから」と最後に言い残して、弓子は消えた。

後から考えてみれば、夢のような出来事だった。弓子恋しさに私が作り出した幻影かもしれないと思った。ただ、「大きな車で迎えに行くから」という言葉だけはいつまでも耳に残った。

二

次に弓子に会ったのは、それから三年後の春、私は小学五年生になっていた。

祖母のキヨが一年前から喉頭がんにかかって、手術もできずに家での療養生活が続いていた。世話をしていたのは、敏子叔母で、私が「釜野」の家を出るのとほぼ同時に、二人の娘と一緒に実家である「釜野」の家に移り住んでいた。

「キヨ、危篤」の知らせを受けて、私は父の文造や母の頼子と一緒に「釜野」の家に駆けつけた。その時、台所で弓子の姿を一瞬見掛けたような気がしたが、それも幻だったかもしれない。

私がはっきりと覚えているのは、キヨの臨終の場面で、養父の一雄に会ったことだ。大勢の人たちがキヨの床の周りにいたが、中でも一番目を引いたのは一雄だった。

一雄はキヨの顔に一番近いところにいて、喉に痰が絡んでキヨが苦しそうな表情をするたびに顔を近づけた。そのうち、自分の口で痰を吸い出そうとした。

「そんなことをしても無駄よ」と脇で頼子が止めるが、一雄は諦めずに何度もキヨの痰を自分の口で吸い出そうとした。

私は最初、その人が一雄だと思わなかった。床の間のなげしの上に飾られた写真とはだいぶ違っていた。でも、何度か見比べているうちに、そうだと確信した。

母親の臨終に立ち会った一雄の振る舞いは常軌を逸していたが、いかにも母親思いの人のように見えた。だが、同時にうさんくさい気もした。それほど母親思いの人だったら、なぜ今まで何年も母親を放っておいたのか、そこのところはどうにも解せなかったから。

その人が一雄なら、先ほど台所で見掛けた女の人は、やはり弓子だったかもしれない、と思ったが、それを確かめることはできなかった。私が帰る頃には、その人の姿は消えていた。

翌日の通夜と翌々日の告別式の時にも必死で弓子の姿を探したが、どこにもいなかった。

やはり、私が見たのは幻だったに違いない。

三

それ以来、弓子のことを思い出すのはまれになった。その代わり、実家の母、頼子との距離が次第に縮まっていったのは、ある事件がきっかけだった。

実家に引き取られた当座は、「もらいっ子、もらいっ子」と近所の男の子たちによくいじめられていた私は、五年生になると今度は別の理由でいじめられるようになった。

勉強が少しばかりできるからといって、私が先生にひいきされているというのだ。

「おべっか野郎」と陰口を言われ、学校の帰りに同級生の男子が五、六人も私を取り囲んではやし立てた。中には身体を小突く子もいた。私は彼らに抵抗できなかった分、夢中になって勉強した。それが、ますます彼らをいじめに駆り立てた。

もはや、自分の力ではどうにもならなかった。そんな私を救ってくれたのは、母の頼子だった。母はいじめの実情を知ると、新しく担任になった大学を出たての若い教師、渡部先生の住まいにまで押しかけて、先生にいじめの実態を訴えた。そして、すぐに対処してくれるよう談判したようだ。その甲斐あって、その後いじめはぷつりとなくなった。

私は次第に頼子を実の母親として認めるようになった。頼子は相変わらずいつも忙しそうで、特別私にかまってくれるわけではなかったけれど、いざという時には味方になってくれると信じられたから。


小学五年生ともなると、さすがに父の文造のスクーターの後ろに乗せられての「釜野」通いはなくなっていた。その代わりに、一人でバスに乗って「釜野」の家に通うようになったが、それも次第に間隔が開いて、夏休みや冬休みなどの学校が休みになる時しか行かなくなった。祖母のキヨが亡くなったのはそんな頃だ。その後、「釜野」はますます私から遠ざかっていった。

曽祖母のミナは、その頃九十五、六歳になっていたが、まだ元気で畑仕事をしていた。ところが、ある日庭で草むしりをしていた時に転んで歩けなくなった。それきり寝付いてしまったミナの介護に当たったのは、同居していた叔母の敏子で、母親のキヨと祖母のミナを続けて看取ることになった。

ミナは九十九歳まで生きたが、中学三年生で、ちょうど高校受験にぶつかった私は葬儀にも出られなかった。物心ついた頃から家族として暮らした最後の人が私の前から消えた。それで、「釜野」の家との縁はすっかり切れたと思っていたが、実際はそうではなかった。

その頃、私の名字はまだ「山路」のままで、実家の姓「滝沢」には戻っていなかった。「釜野」の家の跡取りとして、戸籍上はまだ一雄の養女だった。そのことは知っていたが、高校に入る前に取り寄せた戸籍謄本を見て驚いたのは、一度は離婚したはずの一雄と弓子がその数年後には再婚していたことだ。私には何も知らされていなかったが、実家の父と母は知っていたらしい。そのことで私は二人を恨んだ。

多感な中学生の時期に、実家の中で私だけが違う名字でいることがどんなに辛かったか、文造も頼子もその辺のところがよく分かっていなかった。「釜野」の家の跡取りとして、いつかは私を「釜野」に戻すつもりでいたのだろうが、そうはさせないと思っていた。私は私、自分の生き方は自分で決めると。

四

高校から大学に進むことになった十八歳の春に、養父の一雄から一通の手紙をもらった。

達筆な字で大学進学のお祝いを述べた後で、一度会いたいというような主旨の内容だった。

その手紙には養母の弓子の言葉も記されていた。大学入学のお祝いにスーツを仕立ててあげたい。ついては、寸法を採りたいので、一度「釜野」の家に来てもらえないかと。

その頃には、古い「釜野」の家はすでに取り壊されて、新しい家に建て替えられていた。新築祝いに呼ばれた両親の話では、いかにも現代的で、住み心地の良さそうな家だそうだが、私はその家に行きたいと思ったことは一度もなかった。むしろ、「釜野」に郷愁を覚えた時、行きたくなるのは敏子叔母の家だった。

ミナを看取った後で娘たちが相次いで結婚して家を出ていき、一人になった敏子叔母は同じ「釜野」の集落内の小さな家に移った。実家の畑を分けてもらって建てたこぢんまりした家だが、実に居心地がいい。家の価値は建物というよりそこに住む人の心根で決まると私は思っていた。

昔住んでいた頃の懐かしい家が取り壊されたと聞いた時から、「釜野」はますます遠のいた。新しい家に私はなんの興味もなかった。行きたくはなかったが、「せっかくの人の好意を無にするものではない」と両親に説得されて、結局はスーツの採寸に行くことになった。

その日、一雄と弓子は家まで車で迎えに来た。なんという車種か分からないが、大きくて立派な車だった。

「いつか晶ちゃんを必ず迎えに行くね。その時は、大きな車で迎えに行くから」という弓子の言葉がふいに蘇った。

私が小学二年生だった冬の初めに、別れも告げずに「釜野」の家を出ていった弓子。その弓子が二カ月後に、私が転校した学校まで会いに来て、別れ際に言った言葉だ。その時の約束を守って、大きな車で会いに来たのがなんだかおかしかった。十八歳になった私が、弓子の中ではまだ幼い頃の私のままでいるのだろうかと思った。

建て替えられた「釜野」の家に私は上がった。その家にはまだ木の香が残っていた。いかにも現代的で住みやすそうな家だったが、私が暮らしていた頃を思い起こさせるようなものは何一つ残っていなかった。

あの柱はどうしたんだろう?

ふと思った。

玄関から入って台所へと続く土間の真ん中辺りにデンと置かれた大黒柱。子供の私には抱え切れなかった太い欅の一本柱。その家に住む代々の女たちが糠袋で磨き上げ、姿見にもなった柱の行方が気になったが、二人に尋ねてみる勇気はなかった。

七年前、一雄にはキヨの葬儀の時に会っていたし、その時とほとんど変わりはなかった。ゴルフで鍛えたという身体は筋肉質で締まっている。今では平塚の自動車製造工場の部長だという。その姿格好には、いかにも管理職といった貫禄が加わっていた。

一方、十年振りで会う弓子は驚くほどに変わっていた。年齢は四十代半ば過ぎだろうか、まだそう老け込む歳でもないだろうに、苦労が顔にも姿格好にも出たようで、すっかり老け込んでしまっていた。

そんな弓子を正視できなかった私は、一雄とばかり話していた。それも、お互いの近況などを話してしまうと、あとはもう他に話すことがなくなった。

「じゃあ、そろそろ」と私が腰を浮かしかけた時、「待って、まだスーツの採寸が」と弓子が慌てて引き留めた。

今日はなんの目的でこの家に来たのか、弓子に言われるまですっかり忘れていた。仕方なく、私はいったん浮かしかけた腰を下ろした。

弓子が奥の部屋からスーツの生地を運んできた。淡いピンクのウール地で、透かし模様まで入っている、素人目にも上等なものだった。生地を座敷に広げてみせる弓子の顔が、さっきまでとは違って急に若々しく見えた。一瞬、昔の弓子の面影を見たような気がした。

「お母ちゃん……」私は思わずつぶやいた。

ボーッとしている私の顔を覗き込むように弓子が言った。

「どんなスーツがいいかしら？　晶ちゃんはどんなスーツが好き？」

はっとして弓子の顔を見たら、その顔はまた元の顔に戻っていた。近くで見ると、皺も増えて、若い頃の弓子のようではなかった。十年という歳月はこうも人を変えるものかと思った。

「ねえ、どんなスーツが好き？」再び弓子に尋ねられたが、私には答えられなかった。

大体、どんなスーツがいいかと聞かれても困る。スーツなんて、今まで一度も着たことがないし、高校の制服でさえ、芳子姉のお古だったんだから。

私の困った様子を察して、弓子が言った

「じゃあ、後で服飾雑誌を貸すから、家に帰ったら見てね。お母さんやお姉さんたちともよく相談して決めるといいわ」

私は黙ってうなずいたが、さらに続けて、「来週か再来週、今度うちに来る時までに決めておいてね」と言われた時は、返事ができなかった。またこの家に来るのかと思うと、正直言ってうんざりした。

　採寸が済んだ後で、一雄の運転する車で家まで送ってもらった。弓子も付いてくるかと思ったが、そうはならなかった。玄関で見送られた時、顔をちらっと見たが、優しい笑みを浮かべていた。思わず「お母ちゃん」と言いそうになって、私は言葉を飲み込んだ。


　その日をきっかけに、私はたびたび新しい「釜野」の家へ行くことになった。弓子から借りた服飾雑誌でスーツの型を決め、仮縫いをしてスーツが出来上がるまでに三カ月はかかっただろうか、その間に弓子との距離は次第に縮まっていったが、他人行儀なところはいつまでも残った。

　出来上がったスーツを受け取りに行った日だったと思う。弓子に乞われて、一晩その家に泊まったこともある。弓子と二人で枕を並べて寝たその夜は、布団の中でいろいろな話をしたが、どこかぎこちなかった。私の「お母ちゃん」はもう永遠に戻ってこない、それがはっきりした一夜だった。

五

二十歳を過ぎた頃、「釜野」の家に戻って来て、一緒に暮らさないか、と一雄と弓子に何度も誘われたが、私は応じなかった。それなのに、なぜ養子縁組を解消しなかったのか。「釜野」という土地に未練があったわけではない。ましてや、山林や田畑の資産価値が急に上がって、売れば億にもなるという「釜野」の家の財産が惜しかったわけでもない。強いて言うなら、それまでずっと慣れ親しんできた「山路」という姓に愛着があったからだろうか。

大学を出ると、私は中学の英語教師になった。本当は出版関係の仕事がしたかったが、就職難でかなわず、教育実習でのいい体験が就職に繫がった。

教職についたことで、自分の生きていく道筋が見えたと思った。思春期の中学生相手に苦労もしたが、手ごたえも感じて、仕事に打ち込んだ。二十五歳を過ぎると婚期が遅れると親は心配したが、私は気にもしなかった。一生このまま独身でもいいとさえ思っていた。ただ、厄介な問題が一つだけあった。それは、私がまだ「山路」の姓のままでいたこと、つまり、「釜野」の家の跡取りだということだった。跡取りとして、結婚して婿を取ることを養父母の一雄と弓子は強く望んでいた。

一度などは一雄の部下だという青年と「釜野」の家で見合いをさせられたこともあった。見るからに気の弱そうな青年で、自分のほうから話し掛けてくることは一度もなかった。見合いの後、彼の車で湘南海岸をドライブしたが、話題が浮かばず気づまりなまま別れた。

結局、その人とは一度会ったきりで、その話は破談になった。それからは一雄も弓子も諦めたのか、見合いの話をうるさく言ってくることはなくなった。

その後も跡取り問題は私を大いに悩ませたが、しばらくは放っておくことにした。そのうちに周囲も諦めたのか、誰からも何も言ってこなくなった。

「釜野」へはキヨやミナの墓参りに行くことはあっても、家へ立ち寄ることはしなかった。その頃から、「釜野」は次第に私から遠のいていった。

行くたびに、集落の古い家が建て替えられて、「釜野」の景色が変わっていった。もはや、私が暮らしていた頃の「釜野」ではなくなった。いつしか、「釜野」は現実の世界にはない、私の「心のふるさと」となった。

エピローグ

二十七歳になった私は、職場の同僚だった今の夫と結婚して、夫の姓に変わることになった。この時は、「山路」というそれまで生きてきた自分の姓を捨てることにためらいはなかった。むしろ、それを望んでもいた。結婚を機に、新しい自分に生まれ変わりたいと強く願ったから。

ただ、その前にどうしてもやっておかなければならないことがあった。それは、「釜野」の家との養子縁組を解消することだった。

私の結婚に一雄と弓子は反対しなかったし、結婚したら夫の姓になることが当たり前の時代に、改姓に異議を唱えることもしなかった。ただ、二人は私との養子縁組を解消したくはなかったようだ。

人づてにそれを聞いた私は、少しだけ心が揺らいだ。だからといって、「山路」の姓のままで結婚すれば、将来に禍根を残すことになると思った。

そこで、私は一計を案じた。養子縁組を解消して、一日だけ実家の姓「滝沢」に戻り、結婚して夫の姓になること。面倒な手続きはあるが、これが将来に禍根を残さない唯一の方法だと信じて実行した。

それで良かったかどうかは、これからの私の人生で答えが出るだろう。

了

あとがき

私は四十二歳で中学の英語教師を辞めた。大学を出てから二十年、ちょうど人生の折り返し地点に達していた。

学校では中堅的な存在であった時期に、なぜ教師を辞めたかというと、それは娘のため。難産の末に酸欠状態で生まれた長女には知的障害があって、将来の進路について悩んでいた時期でもあった。

第二の人生は娘と共に歩みたかった。養護学校の高等部を出てからの娘の将来を考えて、私は小さな惣菜店を開くことにした。そのために、教師を辞めてから調理師学校に一年間通って調理師の資格を取り、レストランで二年間コックの見習いをした。そして、ようやく自分の店を開いたが、現実は厳しく、わずか八カ月で店を閉じることになった。

幸い、娘は近くの授産施設に通うことになり、彼女の将来を思い煩うことはなくなったが、四十七歳で生きる目標を見失った私は、それから悩みに悩んだ。

そんな時期に書いたのが『釜野』という小説である。小説というよりは自叙伝のようなもので、書くことで自分を見つめ直したかった。

私の少女期の実体験を元に書いたその小説は、それから何度も何度も書き直した。書きながら、私という人間がどのように出来上がったのか、ずっと考えてきた。私の原点、とも言える小説、それが、この度『釜野物語』としてようやく完成した。

一昨年から始まった、文芸社主催の「Re ライフ文学賞」に応募したことがきっかけで、今回の出版の運びとなった。

出版を勧めてくださった「出版企画部」の横山勇気様、そして、編集のお手伝いをしていただいた「編集部」の今泉ちえ様には深く感謝いたします。

令和五年　九月

福島由合子

著者プロフィール

福島 由合子（ふくしま ゆりこ）

1947（昭和22）年、神奈川県小田原市に生まれる。

横浜市立大学卒業後、中学校の英語教師として20年間勤める。

退職後、本格的に小説を書き始め、同人誌「コスモス文学」に発表。

「桜花摘み」で第77回コスモス文学新人賞、「竹トンボ」で第21回コスモス文学奨励賞、2004年１月、短編小説集『みつるの春』でコスモス文学出版文化賞を受賞する。

著書に『みつるの春』（2003年）、『ふくや始末記』（2009年、ともに文芸社）。

釜野物語

2023年11月15日　初版第１刷発行

著　者　福島 由合子
発行者　瓜谷 綱延
発行所　株式会社文芸社
〒160-0022　東京都新宿区新宿1－10－1
電話　03-5369-3060（代表）
03-5369-2299（販売）

印刷所　図書印刷株式会社

ISBN978-4-286-24624-6